La Fabuleuse Histoire de Jeremy Leloup

Du même auteur chez Québec Amérique

Jeunesse

SÉRIE NOÉMIE

Noémie 22 – Les 22 fins du monde!, coll. Bilbo, 2012.
Noémie 21 – Papa Dracula!, coll. Bilbo, 2011.
Noémie 20 – Les Grandes Paniques, coll. Bilbo, 2010.
Noémie 19 – Noémie fait son cinéma!, coll. Bilbo, 2009.
Noémie 18 – La Baguette maléfique, coll. Bilbo, 2008.
Noémie 17 – Bonheur à vendre, coll. Bilbo, 2007.
Noémie 16 – Grand-maman fantôme, coll. Bilbo, 2006.
Noémie 15 – Le Grand Amour, coll. Bilbo, 2005.
Noémie 14 – Le Voleur de grand-mère, coll. Bilbo, 2004.
Noémie 13 – Vendredi 13, coll. Bilbo, 2003.
Noémie 12 – La Cage perdue, coll. Bilbo, 2002.
Noémie 11 – Les Souliers magiques, coll. Bilbo, 2001.
Noémie 10 – La Boîte mystérieuse, coll. Bilbo, 2000.
Noémie 9 – Adieu, grand-maman, coll. Bilbo, 2000.
Noémie 8 – La Nuit des horreurs, coll. Bilbo, 1999.
Noémie 7 – Le Jardin zoologique, coll. Bilbo, 1999.
Noémie 6 – Le Château de glace, coll. Bilbo, 1998.
Noémie 5 – Albert aux grandes oreilles, coll. Bilbo, 1998.
Noémie 4 – Les Sept Vérités, coll. Bilbo, 1997.
Noémie 3 – La Clé de l'énigme, coll. Bilbo, 1997.
Noémie 2 – L'Incroyable Journée, coll. Bilbo, 1996.
Noémie 1 – Le Secret de Madame Lumbago, coll. Bilbo, 1996.
   • Prix du Gouverneur général du Canada 1996
Moi, Noémie et les autres, coll. Bilbo, 2009
Ma meilleure amie, coll. Album, 2007.
   • Prix du Gouverneur général du Canada 2008 - Illustrations
   • Prix Alvine-Bélisle 2008

La Nuit rouge, coll. Titan, 1998.

SÉRIE PETIT BONHOMME
Le Corps du Petit Bonhomme, coll. Album, 2005.
Les Images du Petit Bonhomme, coll. Album, 2003.
Les Chiffres du Petit Bonhomme, coll. Album, 2003.
Les Musiques du Petit Bonhomme, coll. Album, 2002.
Les Mots du Petit Bonhomme, coll. Album, 2002.

SÉRIE PETIT GÉANT
Le Dernier Cauchemar du petit géant, coll. Mini-Bilbo, 2007.
Le Grand Ménage du petit géant, coll. Mini-Bilbo, 2005.
Le petit géant somnambule, coll. Mini-Bilbo, 2004.
Les Animaux du petit géant, coll. Mini-Bilbo, 2003.
Le Camping du petit géant, coll. Mini-Bilbo, 2002.
L'Orage du petit géant, coll. Mini-Bilbo, 2001.
La Nuit blanche du petit géant, coll. Mini-Bilbo, 2000.
La Planète du petit géant, coll. Mini-Bilbo, 1999.
Les Voyages du petit géant, coll. Mini-Bilbo, 1998.
La Fusée du petit géant, coll. Mini-Bilbo, 1998.
L'Hiver du petit géant, coll. Mini-Bilbo, 1997.
Les Cauchemars du petit géant, coll. Mini-Bilbo, 1997.

Adulte

Les Parfums d'Elisabeth, coll. Littérature d'Amérique, 2002.
Le Mangeur de pierres, coll. Littérature d'Amérique, 2001.

GILLES TIBO

Illustrations de Jean-Luc Trudel

La Fabuleuse Histoire de Jeremy Leloup

Québec Amérique

Catalogage avant publication de Bibliothèque et Archives nationales du Québec et Bibliothèque et Archives Canada

Tibo, Gilles
La fabuleuse histoire de Jeremy Leloup
Pour les jeunes.
ISBN 978-2-7644-2350-9 (Version imprimée)
ISBN 978-2-7644-2553-4 (PDF)
ISBN 978-2-7644-2554-1 (ePub)
I. Trudel, Jean-Luc. II. Titre.

PS8589.I26F32 2013   jC843'.54   C2012-942494-3
PS9589.I26F32 2013

Conseil des Arts du Canada   Canada Council for the Arts

SODEC
Québec

Nous reconnaissons l'aide financière du gouvernement du Canada par l'entremise du Fonds du livre du Canada pour nos activités d'édition.

Gouvernement du Québec – Programme de crédit d'impôt pour l'édition de livres – Gestion SODEC.

Les Éditions Québec Amérique bénéficient du programme de subvention globale du Conseil des Arts du Canada. Elles tiennent également à remercier la SODEC pour son appui financier.

Québec Amérique
329, rue de la Commune Ouest, 3e étage
Montréal (Québec) H2Y 2E1
Téléphone : 514 499-3000, télécopieur : 514 499-3010

Dépôt légal : 3e trimestre 2013
Bibliothèque nationale du Québec
Bibliothèque nationale du Canada

Projet dirigé par Stéphanie Durand
Révision linguistique : Diane-Monique Daviau et Chantale Landry
Mise en pages : François Hénault
Conception graphique : Célia Provencher-Galarneau

Imprimé en Chine
10 9 8 7 6 5 4 3 2 1   17 16 15 14 13
PO 542

À Mylène et son loup, Jérémy.

Court texte en guise d'introduction

En plein centre-ville de New York, au quarantième étage d'un gratte-ciel, dans un *penthouse* finement décoré, vivait un loup.

Un loup qui fréquentait les musées, les cinémas, les cafés.

Un loup qui regardait le base-ball à la télévision.

Un loup qui passait de longues soirées à écouter, au téléphone, la voix d'un jeune garçon qui changeait toujours de nom… Personne, mis à part ce jeune admirateur, ne connaissait la fabuleuse histoire de ce loup…

La voici.

Un premier chapitre
pour présenter ce loup

Il faut le dire dès le départ : ce loup descendait d'une grande lignée de prédateurs qui sévissaient dans les forêts de la Pennsylvanie. Il faut souligner, aussi, qu'à sa naissance, ce louveteau avait les yeux bleus et le pelage argenté, phénomène plutôt rare pour un loup de cette région.

Chaque matin, sa maman louve l'allaitait, le léchait de la tête aux pattes, puis, avec amour, le poussait au fond du repaire. Lorsque le petit s'endormait, la louve quittait son rejeton. Elle revenait quelques heures plus tard avec, entre les crocs, un lièvre, une belette ou un oiseau déplumé.

9

Il en fut ainsi pendant quelques semaines. Soigné, léché, nourri par sa mère, le loupion grandissait au fond du terrier.

Par un matin brumeux, la mère partit à la chasse comme à son habitude. Elle releva quelques pistes de lièvres, s'aventura dans la prairie avoisinante, puis, flairant le danger, elle s'arrêta net. Le vent colportait l'odeur d'un homme caché derrière un bosquet. Le bout d'un canon brillait sous le ciel.

Un terrible coup de feu retentit dans la plaine.

Un hurlement lugubre s'éleva jusqu'aux nuages. La mère, blessée au flanc, tenta de s'éloigner du chasseur.

Un second coup de feu fracassa le silence.

La louve, foudroyée, s'écroula dans l'herbe. Le braconnier s'approcha, la souleva, la transporta sur ses épaules et l'emmena comme un trophée au pays des hommes.

Après quelques jours de disette et d'effroi, le loupineau, famélique, pointa son museau hors du refuge. Il chercha l'odeur de sa mère mais ne trouva rien. De peine et de misère, sur ses pattes chétives, il trottina, de fougère en fougère à la recherche de nourriture. Il voulut attraper un merle, mais il en fut incapable. Il voulut se jeter sur un écureuil, mais il ne réussit qu'à se blesser le museau.

Affamé, le loupion erra sous le feuillage des grands arbres. À petits pas, il se rendit à la lisière de la forêt, là où la plaine s'étendait à perte de vue, là où habitaient des animaux étranges, qui marchaient et couraient sur leurs pattes arrière.

Un garçon au triste sourire aperçut le louveteau. Il sortit un canif de sa poche, en tira silencieusement la lame, se cacha derrière un buisson et attendit que la bête s'approche. Mais le jeune loup, à bout de forces, plia les genoux, se laissa tomber dans les herbes folles et resta là, immobile.

Le vent se taisait.

Les cigales chantaient.

Le garçon, le poing serré sur le manche du couteau, attendait.

Un épervier quitta son perchoir à la cime d'un arbre. Il s'envola dans les hauteurs du ciel. Les ailes grandes ouvertes, il tourna sous le soleil, puis, les yeux fixés sur sa proie, il se laissa tomber comme une pierre.

Le garçon, voyant l'épervier fondre sur le jeune loup, sortit de sa cachette en criant et en gesticulant. Son canif à la main comme s'il tenait un sabre, il effraya le rapace qui

gonfla les ailes, virevolta furieusement, reprit de l'altitude et alla se percher sur le faîte d'un érable.

Le jeune sauveur resta debout, de longues minutes, à fixer le loupion immobile. Il lui donna quelques petits coups de pied, mais l'animal agonisant n'eut aucune réaction. Le garçon referma son canif, se pencha et caressa le pelage argenté qui brillait au soleil. Il sortit un croûton de sa poche et l'approcha du museau. Le loupion flaira l'odeur de la nourriture. Il tenta de grignoter la mie mais n'y parvint pas. Le jeune garçon mâcha le pain pour en faire une pâte. Il confectionna de petites boulettes, qu'il réussit à introduire, une par une, dans la gueule de la bête.

L'épervier quitta l'érable pour s'éloigner au-dessus de la plaine.

En silence, le garçon au triste sourire emporta le louveteau à la maison.

Il le cacha dans sa chambre.

Il le soigna.

Il le nourrit et il le cajola pendant de longues journées.

Chapitre deux où il est question du petit garçon qui changeait toujours de nom

Le jeune animal, bien nourri, bien soigné, prit un peu de poids. Il gambadait dans la chambre du garçon et commençait à se familiariser avec le langage des hommes. *Ici! Boire! Manger! Jouer!* signifiait, chaque fois, une action précise qu'il fallait exécuter sur-le-champ.

Pour être nourri, il fallait obéir aux ordres.

Pour être lavé, brossé, cajolé, il fallait obéir aux ordres.

Pour dormir dans le lit du garçon et pour sentir la chaleur de son souffle, il fallait obéir aux ordres.

Le louveteau se plaisait à toutes ces convenances. Il passait de longues heures à apprendre des mots nouveaux. *Lit, table, fenêtre, plancher, mur...* La chambre n'avait plus de secrets pour lui.

Au fil des jours, le même mot revenait toujours dans la bouche du garçon. La même appellation revenait sans cesse au début de chaque commandement. Le jeune loup finit par comprendre qu'il avait un nom. Il s'appelait Tommy. Tommy, en souvenir de Tom, le père du petit garçon, décédé six mois auparavant dans un accident de voiture.

— Tommy ! Je t'aime !

— Tommy ! Viens me voir !

— Tommy ! À demain matin !

— Tommy ! À ce soir !

Le loupion s'appelait Tommy à toutes les heures du jour et de la nuit. Mais il n'en était pas de même pour le garçon, qui changeait toujours de nom. Sa mère, qui l'élevait toute seule depuis le décès de son mari, l'appelait *mon Petit, mon Chéri, mon Pauvre Trésor...*

Le *Petit Malheureux* ne souhaitait qu'une chose : oublier, jouer, s'étourdir en compagnie de son nouvel ami. Alors, de temps à autre, la mère excédée devait ordonner à son fils :

— Aide-moi à laver le plancher !

— Va fendre du bois !

— Sors-moi cet animal de la maison !

Les corvées à peine terminées, le garçon qui changeait toujours de nom s'enfuyait avec son Tommy. Ensemble, ils se réfugiaient dans une cabane de fortune construite à l'orée d'une sapinière. Chaque fois, le jeune orphelin voyait l'ombre de son père glisser sur les murs délabrés, entendait la voix de son père dans les échos du vent, sentait la présence de son père sous les chauds rayons du soleil… Pour oublier l'absence, le jeune garçon courait jusqu'au ruisseau pour y construire des barrages, attraper des grenouilles, se baigner dans l'eau froide. Ensuite, complètement épuisé, il se couchait dans les hautes herbes et racontait aux nuages le terrible accident de son père : la ferraille des autos tordues, les funérailles émouvantes, le corbillard, le cimetière et les sanglots de toute la famille. Chaque fois, pour le consoler, le loupion lui léchait les joues.

Les jours de pluie, l'enfant et son Tommy jouaient à cache-cache dans la maison en vidant les coffres et les placards. Ils jouaient aux cow-boys, renversaient des chaises et des tables pour en faire des châteaux, couraient partout en criant et en hurlant sous les regards de la mère, de plus en plus irritée par la situation. Cet animal était devenu le centre de leur vie. Cet animal mangeait comme un ogre… Au fil des jours et des semaines, la mère avertit son fils à plusieurs reprises : à la fin des vacances, le *Petit Chéri* devait retourner en classe et il n'était pas question de garder le jeune loup en captivité.

Mais l'enfant ne voulait même pas entendre ce que sa mère lui répétait de plus en plus souvent. Il continuait à jouer, à courir et à entraîner son Tommy en lui montrant des tours, des acrobaties, des culbutes. Le jeune loup pouvait maintenant attraper une balle et la rapporter, il pouvait se rouler sur le sol, faire le beau… et bien plus encore.

La veille du retour à l'école, après le déjeuner, la mère demanda à son fils de ramener la bête dans la forêt. Le garçon, encore une fois, n'écouta pas sa mère. N'en pouvant plus, elle lui répéta, en frappant du poing sur la table, qu'il devait ramener immédiatement cette bête dans la forêt. Le *Petit Éploré* tenta de négocier. Rien n'y fit. Il eut beau pleurer, gémir, se lamenter, la mère ne changea point d'idée. Impossible de garder cet animal dans la chambre. Impossible de garder cet animal dans la maison. Impossible de garder cet animal dans la remise…

Le *Rebelle*, le *Têtu*, l'*Insoumis* fut menacé avec un bâton.

Tommy aussi.

Le *Braillard* finit par s'accroupir dans un coin de la cuisine en tenant son loupion dans ses bras. Il eut beau continuer d'implorer sa mère, lui promettre mer et monde, lui jurer de changer le nom de son animal, rien n'y fit. À bout d'arguments, la pauvre femme lâcha le bâton, descendit à la cave et en revint armée d'un long fusil. Elle plia l'arme en deux, plaça une balle dans la culasse, puis, d'un geste sans équivoque, elle referma l'arme et pointa le loupion avec le bout du canon. Impossible de garder cet animal, tout simplement parce qu'un loup est un loup, et un loup doit vivre dans la forêt, répéta la mère.

À bout d'arguments, l'enfant se leva d'un bond. Il quitta la cuisine et s'enfuit en tenant son louveteau dans ses bras. Il pleura. Il cria. Il hurla. Il invectiva le ciel en marchant sur le chemin de terre qui menait à la grande route.

De temps à autre, le garçon s'arrêtait pour essuyer ses paupières. De temps à autre, Tommy léchait les joues de son ami.

Rendu aux abords de la grande route, le louveteau sauta sur le bitume. Il fit des cabrioles, des culbutes, des entourloupettes pour distraire l'enfant. Mais c'était peine perdue. Le garçon qui changeait toujours de nom était inconsolable.

Soudain, un événement inattendu transforma la vie du *Désespéré* et, surtout, celle du louveteau.

Une Limousine noire passa tout près des deux amis. Elle ralentit sa course, s'arrêta plus loin, recula et vint se placer derrière eux.

Chapitre trois,
dans lequel il est question d'argent et de pleurs

Le grand producteur de cinéma, Monsieur Goldmeller, assis au volant de sa Limousine, roulait lentement derrière le garçon en admirant le spectacle qui lui était offert. Il fixait la touffe de poils argentés qui sautait, gambadait, tournicotait autour de son maître… Flairant la bonne affaire, le célèbre producteur songeait aux animaux devenus célèbres au petit écran : les chiens Rintintin et Lassie, Skippy le kangourou, le cheval Fury, Dumbo l'éléphant…

L'animal aux poils argentés sautait de plus en plus haut pour attirer l'attention de son jeune maître, mais ce dernier, noyé dans son chagrin, ne s'intéressait ni à son louveteau, ni à la longue voiture qui les suivait. Il regardait droit devant, et droit devant, il n'y avait que du malheur.

Au bout de quelques minutes, la longue voiture glissa silencieusement à la hauteur du garçon. Elle s'immobilisa. La vitre teintée descendit. Monsieur Goldmeller, d'un geste de la main, demanda à l'enfant de s'approcher. En esquissant un sourire, le producteur lui demanda son prénom, mais le *Pleurnichard* ne répondit rien. Il lui demanda alors le nom du joli petit chien.

— Ce n'est pas un chien. C'est un loup, répondit le garçon en essuyant ses paupières.

Monsieur Goldmeller caressa le pelage argenté du jeune loup qui sautillait sur le bord de la portière. Il remarqua surtout les yeux bleus, incroyablement lumineux du louveteau… En souriant de toutes ses dents, le millionnaire offrit cent dollars au *Jeune Vagabond* en échange de son animal de compagnie. Le jeune garçon, transi de chagrin, refusa et continua à marcher le long de la route. Monsieur Goldmeller, au volant de sa Limousine, le suivit en faisant monter les enchères.

— Deux cents dollars!

— Cinq cents dollars !

— Mille dollars !

L'*Entêté* balançait toujours la tête à gauche et à droite pour signifier son refus. Il essuyait ses joues du revers de la main, puis il continuait à décliner les offres du célèbre producteur, à qui, habituellement, on ne refusait rien.

— Cinq mille dollars !

— Dix mille dollars !

— Quinze mille dollars !

Comme s'il n'avait rien compris, comme s'il était seul au monde, le *Petit Malheureux* appela son jeune loup. Ensemble, ils quittèrent les abords de la route. Ensemble, ils prirent la direction d'un boisé. Puis, ensemble, ils disparurent derrière le rideau des grands arbres.

Le garçon fit quelques pas sur un sentier. Il bifurqua soudainement, puis, les yeux rougis par le chagrin, il s'approcha d'une source, ramassa des branches et construisit un petit refuge de fortune. Il y fit entrer son loupion et le caressa une dernière fois en lui ordonnant :

— Tommy ! Tu restes ici ! Je viendrai te voir et te nourrir demain, après-demain… et tous les autres après-demain de la vie. Compris ?

Le loupion se coucha au fond de l'abri. La forêt devint immobile.

Des nuages s'étirèrent dans le bleu du ciel.

Le garçon sortit de la forêt, seul, les bras vides. Il s'éloigna en hurlant. Ses cris résonnèrent entre les vallons, devinrent presque inaudibles et cessèrent complètement.

Monsieur Goldmeller, toujours stationné sur le bord de la route, fixait l'endroit exact où le *Jeune Têtu* et le loupion avaient disparu.

Elisabeth, qui chante en faussant, au chapitre quatre

Monsieur Goldmeller coupa le moteur, sortit de la Limousine, la contourna et ouvrit la porte arrière. Une fillette, toute menue, la tête appuyée sur un ourson de laine, dormait sur la banquette.

Monsieur le producteur réveilla sa fille en lui caressant l'épaule. Elle ouvrit un œil, regarda dehors :

— Où sommes-nous, papa ?

— Je ne sais pas… Viens avec moi…

Elle contempla ses neuf oursons de laine, assis bien droits sur la banquette. Elle en choisit un, puis, en le tenant par une oreille, elle quitta la Limousine. Monsieur Goldmeller prit la main de la fillette et, sans dire un mot, l'emmena à l'endroit exact où le *Jeune Entêté* avait quitté la forêt. Là, sous les arbres qui se balançaient, Monsieur Goldmeller se pencha vers sa fille pour lui murmurer à l'oreille :

— Elisabeth, ma chère Elisabeth, chante-moi ta jolie chanson…

— Ici ?

— Oui, ici !

— Pourquoi ?

— Tu verras…

Elisabeth blottit l'ourson de laine contre sa poitrine. Elle prit une grande inspiration, ouvrit la bouche puis, en faussant, elle entonna la seule chanson qu'elle connaissait. Sa voix chevrotante se mêla aux vents et aux bruissements des feuillages.

Elle ne chanta pas longtemps. À la fin du troisième couplet, tout à coup, quelque chose bougea dans les fougères, derrière le rideau des arbres.

La fillette cessa de chanter. La chose cessa de bouger.

Elisabeth recommença à chantonner. Une touffe de poils argentés se mit à bondir entre les bosquets.

Monsieur Goldmeller assista, en direct, à cet événement extraordinaire : pendant que sa fille chantait en faussant, le louveteau, attiré par la musique, s'approchait, s'approchait. Il se faufila entre les jambes de la fillette, puis, après avoir fait des cabrioles, il bondit dans ses bras.

La petite Elisabeth cessa de chanter. Elle laissa tomber l'ourson de laine.

Ensemble, comme dans les grands films hollywoodiens, la petite fille et le jeune loup roulèrent l'un sur l'autre et commencèrent à jouer. Elisabeth culbuta dans l'herbe, marcha à quatre pattes, puis, en riant, elle lança une branche au loin. Le jeune loup, habitué à ce jeu, alla chercher le bout de bois et le rapporta.

Monsieur Goldmeller détacha son nœud papillon, ouvrit le col de sa chemise, s'étendit dans l'herbe et ferma les yeux.

Les rires de sa fille ressemblaient à de petits morceaux de soleil.

Lorsque le cœur de Monsieur Goldmeller fut rempli de lumière, il se leva et, sans même se retourner, il se dirigea vers la Limousine. Il en ouvrit la porte arrière. La petite fille grimpa sur la banquette, suivie par le jeune louveteau.

Les portes claquèrent. Monsieur Goldmeller, qui adorait conduire cette longue voiture sur des routes de campagne, fit tourner le moteur. La Limousine quitta l'accotement et s'éloigna sur le ruban d'asphalte.

Pendant ce temps, le petit garçon qui changeait toujours de nom pleurait dans sa chambre. L'ourson de laine, abandonné dans l'herbe, fixait le ciel immense de ses yeux en boutons.

Un chapitre cinq
à l'ombre d'un saule cuivré

La Limousine roulait silencieusement. Elle glissait dans le creux des vallons, puis elle remontait au sommet des collines dans un mouvement régulier et sans fin qui rappelait à Monsieur Goldmeller de longues séquences de cinéma.

Le louveteau, enfermé dans la Limousine, songea, pendant quelques instants, au petit garçon qui changeait toujours de nom. Il voulut quitter cette prison tapissée de cuir pour aller le rejoindre dans la forêt, mais aussitôt, Elisabeth le posa sur ses genoux et se mit à le cajoler avec tellement de douceur que son cœur finit par ralentir, ralentir jusqu'à épouser le rythme des caresses. Il y avait dans ces étreintes la douceur des vagues qui viennent glisser sur le bord d'un rivage. Mais le jeune loup ne connaissait pas encore l'océan. Il y avait dans ces caresses la douceur des édredons de plumes, mais le jeune loup ne connaissait pas encore le confort des chambres d'hôtel.

Au bout de quelques minutes, le louveteau devint aussi calme que les oursons de laine. L'instant présent ressemblait à un effleurement. L'instant présent ressemblait au doux parfum de la petite fille.

Le loupion fut réveillé par la voix d'Elisabeth qui parlait à son papa Goldmeller. Elle avait faim. Elle avait soif. Elle avait des fourmis dans les jambes. Et tout et tout...

Quelques kilomètres plus loin, la Limousine quitta la route, roula sur un petit chemin de terre et s'arrêta devant un casse-croûte. Monsieur Goldmeller sortit de la voiture, en fit le tour et ouvrit la porte arrière.

Après avoir donné de nombreuses recommandations à ses oursons – Soyez sages ! Montez la garde ! Ne parlez pas aux étrangers ! –, Elisabeth ouvrit de grands yeux pour s'écrier :

— Papa, j'ai oublié mon ourson préféré, là-bas… dans la prairie !

Le père, qui ne voulait pas faire demi-tour, répondit calmement :

— Ce n'est pas grave, Elisabeth… je t'en achèterai un autre… Et puis, tu as maintenant un nouveau compagnon !

En esquissant un large sourire, Elisabeth descendit de voiture avec son loupion dans les bras. Elle suivit son papa Goldmeller jusqu'au casse-croûte. Elle choisit un double hamburger pour elle-même et un triple hamburger pour son nouvel ami. Puis, elle courut jusqu'à la première table à pique-nique, à l'ombre d'un immense saule cuivré. Des petits filets de soleil, filtrés par la couleur du feuillage, diffusaient une lumière remplie de poussière d'or. Quelques papillons jaunes, presque translucides, virevoltaient dans les rayons lumineux.

Elisabeth et le jeune loup gambadèrent, jouèrent à cache-cache. En riant, en glapissant, ils coururent autour de l'arbre, s'écroulèrent dans l'herbe, puis regardèrent le monde tourner autour d'eux.

Monsieur Goldmeller s'approcha en tenant une boîte de carton remplie de victuailles. Sans se consulter, le père, la fille et le loupion s'installèrent du même côté de la table, sur le même banc, face à la route.

Sous la lumière dorée, ils mangèrent en regardant circuler les automobiles, les camions, les caravanes. Monsieur Goldmeller et Elisabeth mangèrent lentement. En trois bouchées, le loupion dévora son hamburger ainsi que les frites qui restaient au fond de la boîte.

Elisabeth demanda à son père :

— Est-ce que je vais pouvoir le garder pour toujours ?

— Je ne sais pas, répondit le père.

— Tu ne sais pas, pourquoi ? demanda la petite fille.

Monsieur Goldmeller ne répondit rien. Il mangea son poulet rôti en comptant beaucoup de chiffres dans sa tête.

Elisabeth ne posa plus de questions. Elle mangea son hamburger en rêvant beaucoup dans sa tête.

Le jeune loup n'émit aucun son. Il regardait les automobiles et les camions en tournant la tête.

Après le dîner, Elisabeth et le loupion jouèrent encore et encore sous le saule cuivré.

La petite fille riait beaucoup.

Le loupion glapissait beaucoup.

Monsieur Goldmeller était heureux, beaucoup.

Il profita de ce bonheur pendant quelques instants, puis la sonnerie de son téléphone cellulaire se fit entendre. Il parla de budget lors du premier appel, de déficit pendant le deuxième appel, de profit au troisième appel.

Il n'y eut pas de quatrième appel. Monsieur Goldmeller revint vers la Limousine, accompagné par sa fille qui tenait le jeune loup dans ses bras. Elle le pressait contre son cœur pour ne pas qu'il se sauve. Pour ne pas qu'il disparaisse. Pour ne pas qu'elle ait du chagrin.

Elisabeth prit sa place sur la banquette arrière. Le loupion grimpa sur ses genoux. Monsieur Goldmeller s'installa derrière le volant. Juste avant que la voiture reprenne la route, Elisabeth demanda à son père :

— Comment allons-nous l'appeler ?

— C'est toi qui décides, ma chérie !

La Limousine fila vers l'est, toujours plus loin vers l'est pendant que la petite Elisabeth cherchait un nom pour son nouvel ami. À chaque ville, à chaque village traversé, elle lui trouvait un nom différent. Mais, après mûre réflexion, elle décida que le jeune loup s'appellerait Jeremy.

— Pourquoi Jeremy ? demanda le père en regardant sa fille dans le rétroviseur.

— Parce que c'est joli, répondit Elisabeth.

— D'accord, dit le papa. Jeremy, c'est joli !

— Jeremy, Jeremy, Jeremy, se répéta Tommy. Maintenant, je m'appelle Jeremy parce que c'est joli.

Elisabeth et Jeremy, menés par Monsieur Goldmeller, voyagèrent tout l'après-midi sur des autoroutes lisses et silencieuses. Pendant ce temps, le petit garçon, revenu à la maison, s'appelait maintenant le *Pleurnichard,* le *Braillard,* l'*Inconsolable* : il pensait à son père décédé, à son loup abandonné dans la forêt.

Et l'ourson de laine, perdu dans l'immensité de la plaine, fixait toujours le firmament de ses yeux en boutons.

Chapitre six
dans le « cinq étoiles »

Vers la fin de l'après-midi, Elisabeth, les mains en porte-voix, cria à son papa qu'elle avait faim, qu'elle avait soif, qu'elle avait des fourmis dans les jambes. Et tout et tout.

Quelques kilomètres plus loin, la Limousine ralentit. Monsieur Goldmeller demanda :

— Trois étoiles, ma chérie ?

— Non, répondit Elisabeth.

La Limousine accéléra pour ralentir un peu plus loin. Le père demanda encore :

— Quatre étoiles ?

— Non, répondit Elisabeth sans même regarder dehors.

Un peu plus loin, la Limousine tourna vers la droite et s'immobilisa sous une enseigne encore plus lumineuse que le soleil.

— Cinq étoiles ! annonça Monsieur Goldmeller.

Elisabeth se pencha vers Jeremy :

— Un hôtel cinq étoiles, c'est un hôtel dans lequel il faut bien se tenir à table. Il ne faut pas courir dans les corridors et il ne faut pas crier non plus !

Le coffre arrière de la Limousine s'ouvrit. Monsieur Goldmeller sortit de la voiture, suivi par Elisabeth qui tenait Jeremy dans ses bras.

Un homme immense, vêtu d'un habit d'apparat, coiffé d'un chapeau haut-de-forme et portant des gants blancs, quitta le hall de l'hôtel pour s'approcher des voyageurs. Il s'arrêta devant eux, fit une courbette et se décoiffa :

— Bonjour, Monsieur ! Bonjour, Mademoiselle !

— Bonjour, répondit Monsieur Goldmeller.

— Bonjour, répondit Elisabeth.

— Bonjour, pensa Jeremy.

Le géant sortit deux immenses valises du coffre de la Limousine. Il les déposa sur un chariot doré. Elisabeth dit :

— Il faudrait monter mes oursons… Mais attention! Ils sont très fragiles!

— D'accord, mademoiselle, répondit le géant.

Monsieur Goldmeller, suivi par Elisabeth, suivie par Jeremy, pénétrèrent dans le hall de l'hôtel, un hall aussi haut que le ciel. Des colonnes plus vertigineuses que des arbres surplombaient un plancher de marbre tellement propre que l'on pouvait se mirer dedans.

Les trois voyageurs se dirigèrent vers un comptoir. Pendant que Monsieur Goldmeller signait des papiers, Elisabeth caressait Jeremy du bout des doigts. Une grande dame, mince et parfumée, s'approcha. Elle se pencha vers le loupion en disant d'une voix roucoulante :

— Oh, comme il est beau, le petit chien… Il ressemble à un jeune loup!

Monsieur Goldmeller esquissa un sourire en signant d'autres papiers. Elisabeth ne répondit rien. Jeremy fit les yeux doux et reçut en échange quelques caresses de la grande dame. Lorsque cette dernière se releva, Jeremy, dans un élan de séduction, fit une pirouette et retomba sur ses pattes. La grande dame s'exclama :

— Oh! Comme il est mignon!

Encouragé par l'enthousiasme de la dame, Jeremy enfila, les uns à la suite des autres, tous les tours qu'il connaissait. Il se roula sur le plancher, fit quelques pas de danse sur ses pattes de devant puis marcha sur ses pattes arrière. Quelques clients, assis sur les canapés, plièrent leurs journaux. D'autres cessèrent leurs discussions et tournèrent la tête pour admirer ce curieux spectacle. Alors, Jeremy, devant Monsieur Goldmeller, devant Elisabeth et devant les quelques spectateurs, exécuta d'autres pirouettes qu'il inventait au fil des applaudissements.

Son numéro terminé, il se faufila entre les jambes des spectateurs afin de recevoir une caresse. Lorsqu'il revint, Elisabeth se pencha et lui murmura à l'oreille :

— Jeremy, je t'aime !

Je t'aime, répéta le jeune loup dans sa tête.

Les spectateurs retournèrent à leurs journaux et à leurs discussions. Monsieur Goldmeller, Elisabeth et Jeremy se dirigèrent vers les ascenseurs. Les portes s'ouvrirent puis se refermèrent. Le plancher sembla se dérober sous les pattes de Jeremy. Effrayé, il sauta dans les bras d'Elisabeth et y resta blotti. Les passagers montèrent au dixième et dernier étage. Ils marchèrent dans un long corridor, puis ils s'engouffrèrent dans une immense chambre tapissée de miroirs. Derrière cette chambre, il y en avait une plus petite. Sur le lit, huit oursons de laine attendaient Elisabeth.

Jeremy sauta sur le lit d'Elisabeth. Il recommença à faire ses cabrioles. Mais, à son grand étonnement, la petite fille ne le regarda même pas. Elle s'approcha d'un petit comptoir de marbre, fouilla dans une grande corbeille remplie de victuailles et s'empara d'un sac de croustilles. Elle se pencha, ouvrit la porte d'un petit réfrigérateur et y retira une boisson gazeuse. Ensuite, elle sauta sur le lit et se cala entre ses oursons. Clic, d'un petit coup de pouce sur une télécommande, le téléviseur s'illumina. Les yeux de la spectatrice fixèrent l'écran. Jeremy, surpris, voulut se lover sur les cuisses de la fillette, mais elle ne réagit pas. Une main dans le sac de croustilles, une main tenant la boisson gazeuse, elle était devenue aussi immobile que les oursons de laine.

Jeremy quitta le lit et voulut se frotter contre les chevilles de Monsieur Goldmeller, mais, téléphone à la main, le célèbre producteur marchait de long en large dans la pièce. Il commença par s'entretenir avec son épouse en lui disant qu'il venait de découvrir une véritable perle, un filon extraordinaire, une mine d'or…

— Merveilleux ! répliqua l'épouse.

Papa Goldmeller passa le téléphone à sa fille, qui s'exclama :

— Allo ! Oui, tout va bien ! Oh, maman, j'ai un nouvel ami ! Il voyage avec nous ! Il s'appelle Jeremy ! Oui ! À demain !

Elisabeth redevint aussi immobile que ses oursons de laine. Monsieur Goldmeller retourna dans la grande pièce pour faire un appel à sa secrétaire personnelle et terriblement efficace. Il lui annonça la bonne nouvelle. Elle le mit aussitôt en relation avec un scénariste. Il fut question de loup, de chasse, de rivières... Ensuite, il eut une longue discussion avec un réalisateur... Il fut question de forêt profonde, de solitude et d'amitié retrouvée... Ensuite, Monsieur Goldmeller s'entretint avec un compositeur de musique de films. Il fut question d'émotion, de montée dramatique, de suspense...

Lorsque ses nombreuses discussions téléphoniques furent terminées, Monsieur Goldmeller daigna, enfin, se pencher vers Jeremy. Il le souleva, l'emporta vers la fenêtre et tira les rideaux. La lumière de fin d'après-midi se vautra jusqu'au fond de la pièce et fut relancée par les nombreux miroirs.

Monsieur le producteur fit pointer le museau de Jeremy vers l'extérieur. Dehors, des milliers et des milliers de toits, des milliers et des milliers d'antennes de télévision s'étendaient jusqu'au bout du regard. Monsieur Goldmeller murmura à l'oreille de Jeremy :

— Je ferai de toi une grande vedette !

Jeremy retint le mot « vedette ». Monsieur Goldmeller et le jeune loup fixèrent l'horizon jusqu'à ce qu'Elisabeth s'approche pour dire :

— C'est l'heure d'avoir faim !

Jeremy sauta sur le plancher. Elisabeth et son père ouvrirent chacun une valise et fouillèrent à l'intérieur. Monsieur Goldmeller alla se changer dans la salle de bain. Elisabeth se déshabilla. Son petit corps frêle était blanc comme neige. Elle enfila sa plus belle robe, elle se brossa les cheveux, puis elle se mira de face, de dos et de profil dans tous les miroirs de la pièce. Ensuite, lorsqu'elle fut satisfaite, elle fouilla dans la valise de son père. Elle y trouva un magnifique nœud papillon qu'elle attacha au cou de Jeremy.

Papa Goldmeller en habit de gala, Elisabeth habillée comme une princesse et Jeremy déguisé en jeune page, se présentèrent à la salle à manger du « Cinq étoiles ». Le maître d'hôtel n'eut pas le temps de réagir négativement à la présence du jeune loup. Monsieur Goldmeller lui glissa un billet de cent dollars dans la main. Le trio fut placé au centre de la salle, tout près d'un piano si blanc qu'il semblait n'avoir jamais été utilisé.

Pendant ce temps, le petit garçon qui changeait toujours de nom s'appelait maintenant Le *Malheureux*. Il mangeait un peu de soupe en écoutant sa mère qui tentait de le consoler en lui répétant que la bête n'aurait jamais dû quitter la forêt. Mais l'enfant pensait à autre chose : demain, après l'école, il retournerait voir Tommy près de la source.

De son côté, l'ourson de laine, couché dans l'herbe, fixait les nuages de ses yeux en boutons.

Chapitre sept, pour un premier souper en trio

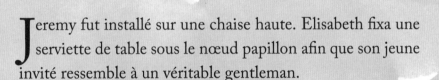

Jeremy fut installé sur une chaise haute. Elisabeth fixa une serviette de table sous le nœud papillon afin que son jeune invité ressemble à un véritable gentleman.

Lorsque le serveur s'approcha, elle commanda des côtelettes d'agneau pour tout le monde.

Monsieur Goldmeller approuva.

Jeremy approuva, même s'il ignorait ce que voulaient dire les mots « côtelettes d'agneau ».

Ensuite, en attendant que les plats arrivent de la cuisine, Elisabeth expliqua le fonctionnement du monde à Jeremy. Il apprit que l'univers était divisé en deux. Il y avait le jour et il y avait la nuit... Il y avait le chaud et il y avait le froid... Il y avait la joie et il y avait la tristesse...

Le sourire aux lèvres, papa Goldmeller écoutait distraitement les explications de sa fille qui parlait avec vivacité et beaucoup d'éloquence.

Le serveur s'approcha avec un plateau. Le repas fut servi promptement.

Monsieur Goldmeller mangea ses côtelettes d'agneau avec grâce et élégance.

Elisabeth tenta de manger ses côtelettes d'agneau avec grâce et élégance.

Jeremy dévora ses côtelettes d'agneau sans aucune grâce et sans aucune élégance. Il se lança dessus avec frénésie. Des morceaux de viande, déchiquetés, tombaient sur la table. Des os jonchaient le plancher tout autour de la chaise haute, et très vite, la serviette de table qui servait de bavette fut remplie de sauce et de pommes de terre. C'était la catastrophe pour les autres convives, pour les serveurs, pour Elisabeth, mais pas pour Monsieur Goldmeller. Tout cela était dans la normalité des choses.

La petite fille donna les conseils d'usage à Jeremy en lui montrant ce qu'il fallait faire et ne pas faire. Mais Jeremy n'arrivait pas à comprendre pourquoi il fallait se servir d'un couteau et d'une fourchette pour dévorer de si bonnes côtelettes. N'en pouvant plus d'écouter Elisabeth, il se mit à croquer les os à pleines dents. Chaque fois qu'un os se brisait, le bruit retentissait avec écho dans la grande salle à manger.

Cric! Crac! Croc!

Les invités furent offusqués, voire horrifiés par une attitude aussi désinvolte. Comment pouvait-on permettre à un jeune animal, aussi beau soit-il, d'agir avec autant de décadence?

Cric! Crac! Croc!

Elisabeth essaya de minimiser les dégâts. Elle tentait de retirer les os de la bouche de Jeremy. Elle lui essuyait le museau. Elle ramassait les morceaux de pain et les petits pois en ordonnant d'une voix pointue:

— Jeremy, ne fais pas ça! Jeremy, cesse immédiatement! Jeremy, je t'interdis!

Papa Goldmeller, le sourire aux lèvres, épiait la réaction des convives. Après seulement quelques minutes, il eut la confirmation de ce qu'il avait pressenti en voyant le loupion pour la première fois: quoi qu'il fasse, cet animal ne laissait personne indifférent. Il possédait cette présence, cette aura, cette touche magique qui n'appartenaient qu'aux grands comédiens.

Jeremy termina son assiette en la léchant. Il vida aussi ce qui restait dans celle de Monsieur Goldmeller, et surtout dans celle d'Elisabeth qui n'avait pas beaucoup mangé car, il faut se le rappeler, elle avait déjà ingurgité un sac de croustilles et une boisson gazeuse.

Une fois rassasié, Jeremy lâcha un rot tonitruant qui fit sursauter tous les convives. Certains d'entre eux, offusqués par ce manque de savoir-vivre, lancèrent leur serviette de table et déguerpirent sans même terminer leur assiette.

La salle se vida comme par magie. Il ne restait plus que Monsieur Goldmeller, Elisabeth et Jeremy dans la grande salle. Au bout de quelques minutes, la fillette se tourna vers son père pour lui demander :

— Il s'appelle Jeremy… comment ?

— C'est toi qui décides, répondit le papa.

Elisabeth réfléchit pendant quelques secondes :

— Il s'appelle Jeremy… Jeremy Leloup !

Je m'appelle Jeremy Leloup, pensa Jeremy… Jeremy Leloup… Il répéta son nom pendant qu'il sortait de la salle à manger. Il répéta son nom en courant dans les jardins de l'hôtel. Il répéta son nom en prenant son bain avec Elisabeth et il répéta son nom pendant qu'elle le bordait en lui souhaitant une bonne nuit.

Dans le noir de la chambre, blotti entre les bras d'Elisabeth, pendant que Monsieur Goldmeller parlait au téléphone, Jeremy Leloup eut une douce pensée pour le petit garçon qui changeait toujours de nom. Il se souvenait de sa voix, de son odeur. L'espace d'un instant, Jeremy voulut quitter le « cinq étoiles », courir sous la Voie lactée pour aller se réfugier dans les bras du garçon. Mais l'instant d'après, Jeremy se souvint de la mère, du bâton et surtout du long fusil.

D'un côté, les sourires et les caresses du petit garçon.

De l'autre côté, le bâton et le fusil de la mère.

Comme l'avait expliqué Elisabeth, le monde était vraiment divisé en deux.

En sentant le souffle chaud de la petite fille qui le serrait dans ses bras, Jeremy finit par s'assoupir. Certains mots qu'il avait entendus pendant la journée lui revinrent en mémoire, et le plus beau de tous ces mots était sans aucun doute « Je t'aime ».

Pendant que Jeremy se blottissait contre la fillette, le petit garçon qui changeait toujours de nom pleurait, seul dans son lit ; l'ourson de laine, couché dans l'herbe, fixait le ciel étoilé.

Des loups formidables au chapitre huit

Jeremy fut réveillé au petit matin par les caresses d'Elisabeth. Papa Goldmeller sortit de la salle de bain en pyjama de satin. Cette fois, pour éviter toute complication avec les autres clients de l'hôtel, Elisabeth décida, d'un commun accord avec son père, qu'il était préférable de manger dans la chambre.

Le temps de s'habiller, de se coiffer et de boucler les valises, le petit-déjeuner fut livré sur un plateau d'argent. Monsieur Goldmeller mangea ses œufs tournés avec beaucoup de grâce et de distinction. Mais Elisabeth passa presque tout le temps du repas à corriger Jeremy et à tenter de lui apprendre les bonnes manières. Il réussit à ne pas renverser de confiture. Il réussit, aussi, à laper un peu de thé sans renverser la tasse.

— Il apprend vite, dit Elisabeth.

— J'espère pour lui, répliqua Monsieur Goldmeller.

— Hum, répondit Elisabeth.

— Hum, répéta Jeremy dans sa tête.

À la fin du petit-déjeuner, le géant aux gants blancs frappa trois coups contre la porte de la chambre. Il fit une courbette, puis il déposa les deux valises sur le chariot doré. Tout le monde se dirigea vers l'ascenseur. Cette fois, Jeremy fut moins effrayé. Après avoir descendu les dix étages, il se retrouva dans le grand hall, où on le considéra avec moins de sympathie que la veille.

Pour remédier à la situation, il se lança museau contre terre en marchant, le croupion relevé… Puis, il fit un double salto suivi d'une culbute, qui eurent pour effet de dérider les plus grincheux.

Monsieur Goldmeller signa d'autres papiers, fouilla dans ses poches et laissa un généreux pourboire. Le préposé, de l'autre côté du comptoir, le remercia en rougissant.

La Limousine apparut devant l'hôtel. Deux minutes plus

tard, le trio prenait place à l'intérieur de la grande voiture. Trois minutes plus tard, elle démarrait. Quatre minutes plus tard, elle s'arrêtait devant l'entrée d'une grande librairie. Elisabeth dit à son père :

— J'y vais toute seule ! Je n'ai pas besoin d'aide !

— D'accord, Princesse !

D'un geste théâtral, elle ouvrit la porte de la voiture.

Monsieur Goldmeller et Jeremy la regardèrent s'engouffrer derrière les portes vitrées de la grande librairie. Elle se promena d'une allée à l'autre, choisit des bouquins, sortit des billets de son petit sac et, les bras chargés, elle revint vers l'automobile.

Le sourire aux lèvres, Elisabeth déposa les livres sur le trottoir. Puis elle ouvrit la portière, plaça un à un ses trésors sur la banquette, se glissa dans l'automobile, referma la portière, boucla sa ceinture, ouvrit un premier livre et, pendant que son père tournait le volant pour quitter les abords de la librairie, elle dit à Jeremy :

— Voilà, tu vois cette illustration ?

Jeremy examina l'image d'une petite fille couverte d'un immense capuchon rouge. Elle marchait dans une sombre forêt… Caché derrière un arbre, il y avait un loup… Elisabeth dit :

— Ce loup n'est pas méchant, c'est un bon loup !

— C'est un bon loup, répéta Jeremy dans sa tête.

— Tous les loups sont de bons loups, ajouta Elisabeth.

— Tous les loups sont de bons loups, se répéta Jeremy.

Pendant qu'Elisabeth racontait à Jeremy une version très personnelle du *Petit Chaperon rouge*, la Limousine se glissa sur une autoroute et se dirigea vers l'est, toujours plus loin vers l'est.

Pendant tout l'avant-midi, Elisabeth raconta des histoires de loups à Jeremy… Tous ces loups, du plus grand au plus petit, du plus jeune au plus vieux, étaient tous, sans exception, des loups gentils, des loups qui ne mangeaient pas la chèvre de Monsieur Seguin, des loups qui ne dévoraient pas les grands-mères, des loups qui ne soufflaient pas sur les maisons des trois petits cochons. Jeremy, tout heureux, répétait dans sa tête, à la fin de chaque histoire : les loups sont merveilleux. Ils sont forts. Ils sont courageux. Ils sont gentils. Ils sont serviables. Ils sont bien élevés !

Jeremy était heureux d'être un loup, car les loups étaient tout simplement formidables.

Jeremy tenta donc d'être formidable lorsqu'on s'arrêta pour le dîner. Mais, tout penaud, il ne réussit qu'à moitié. Il renversa beaucoup de sauce tomate et de nouilles sur le napperon.

Elisabeth le gronda sévèrement.

Ensuite, il tenta d'être formidable lorsque Monsieur Goldmeller visita un de ses collègues de travail. À la fin de l'entretien, qui dura plus d'une heure, Jeremy quitta d'urgence les bras d'Elisabeth. Après avoir tourné en rond sur lui-même, il urina sur le beau tapis qui ornait l'entrée du bureau.

Elisabeth le réprimanda sévèrement.

Ensuite, de retour dans la Limousine, pendant qu'Elisabeth somnolait, Jeremy ne put s'empêcher de mâchouiller un livre.

Lorsque Elisabeth s'éveilla et aperçut le livre plein de bave, elle piqua une sainte colère. Elle se lança dans un long discours concernant le respect du livre, cet objet sacré qu'il ne fallait jamais au grand jamais ni déchirer, ni plier, ni mâchouiller ! Est-ce que c'est clair ?

La petite fille parlait tellement vite et avec tellement de colère dans la voix, que Jeremy ne comprit qu'une chose : le monde était vraiment divisé en deux. D'un côté, il y avait les loups formidables et de l'autre côté, il y avait les loups qui aspiraient à devenir formidables.

Après avoir été réprimandé, Jeremy, déçu de lui-même, se coucha en boule sur le plancher de la Limousine, le plus loin possible d'Elisabeth.

Le loupion sentit alors une grande nostalgie l'envahir. Il se mit à penser au petit garçon qui changeait toujours de nom. Ensemble, ils couraient dans les champs. Ensemble, ils pataugeaient dans le ruisseau. Ensemble, ils ne faisaient rien, mais un rien qui exaltait l'odeur du foin chauffé par le soleil. Les images de la mère, de son bâton et de son fusil apparurent brièvement, mais elles se dissipèrent aussitôt. Ne restaient dans la tête de Jeremy que des images de bonheur.

Pendant que la Limousine dévorait des kilomètres et des kilomètres, le petit garçon qui changeait toujours de nom s'ennuyait sur son banc d'école ; et l'ourson de laine regardait passer les avions.

Un chapitre neuf
en béton

Jeremy quitta le fond de l'automobile bien malgré lui. Il fut soulevé puis déposé sur les genoux d'Elisabeth, qui lui dit:

— Je te pardonne parce que tu es beau!

En le caressant d'une main distraite, elle feuilleta un grand livre mais, comme si elle voulait punir Jeremy, elle ne lut pas l'histoire à voix haute. Elle ne faisait que tourner les pages, lentement, très lentement. Jeremy tentait de relever la tête pour admirer les images, mais Elisabeth lui refusait ce privilège. Cet album lui appartenait et, pour l'instant, il n'était pas question de le partager avec un loupion mal élevé qui mâchouillait les pages.

Pour amadouer le cœur de la petite fille, Jeremy émit un son qui pouvait ressembler au miaulement d'un chat. Elisabeth réagit aussitôt en caressant la tête de Jeremy. Encouragé par cette réaction, il recommença mais en allongeant le miaulement, qui se termina par une longue plainte. Elisabeth le caressa une deuxième fois. Au troisième miaulement, elle soupira et plaça le livre de telle sorte qu'il puisse regarder les illustrations. Il y avait, sur les images, des forêts, des châteaux, des chevaux, une princesse mais aucun loup.

Jeremy, lassé par ces images, leva les yeux. Le monde commençait à se transformer derrière les vitres teintées de la Limousine.

De longues cheminées crachaient leur fumée grise.

Des immeubles s'élevaient, semblables à de grands escaliers.

Un peu plus loin, droit devant, une forêt de *buildings* se lançait vers le ciel.

La longue voiture, conduite par Monsieur Goldmeller, traversa un pont suspendu, puis elle s'engouffra dans un tunnel plus noir que la nuit.

Elisabeth referma son livre et dit :

— Nous arrivons…

La voiture se glissa dans un dernier tunnel qui serpentait sous les racines de la ville, puis, elle remonta et s'arrêta à un feu rouge.

Centre-ville de New York.

Le cœur de Jeremy s'affola. Ses oreilles se dressèrent. Son poil argenté se hérissa. De chaque côté de la Limousine, des automobiles, des camions, des autobus s'agglutinaient. Il y avait des véhicules devant, derrière, de chaque côté.

Sur les trottoirs, des hommes, des femmes, des enfants allaient et venaient en tous sens. Des cyclistes se faufilaient entre les voitures. Des vendeurs ambulants criaient pour offrir des journaux, des hot-dogs, des pendentifs, des montres, des casquettes…

Partout, des lumières clignotaient, changeaient de couleur, dessinaient des arabesques. Des néons rouges, verts, bleus empruntaient la forme de bouteilles, de voitures, de lunettes.

Pour la première fois de sa vie, Jeremy ressentit la peur, la vraie peur, celle qui donne le vertige, celle qui paralyse.

Les mains d'Elisabeth le caressaient, mais il ne sentait plus rien.

La voix d'Elisabeth lui parlait, mais il n'entendait plus rien.

Complètement sidéré, Jeremy ne pensait qu'à une chose : s'enfuir. Rebrousser chemin pour se jeter dans les bras du garçon qui changeait toujours de nom.

Impossible.

La Limousine, pareille à une cage noire, circulait dans le labyrinthe de la ville. Jeremy se mit à trembler comme une feuille au vent.

Elisabeth le serra contre elle, puis, en faussant, elle chantonna la seule chanson qu'elle connaissait. Pendant ce temps, le petit garçon, qui avait terminé sa première journée scolaire, cherchait désespérément son loupion à l'orée de la grande forêt. Il l'appelait. Il fouillait les alentours de la source, mais il ne trouvait rien. De son côté, l'ourson de laine, couché dans l'herbe, fixait le néant.

Les labyrinthes de ciment
du chapitre dix

Pendant qu'Elisabeth chantait, la Limousine glissait lentement, très lentement dans le labyrinthe des rues, des boulevards et des grandes artères. Monsieur Goldmeller, qui détestait conduire en ville, pilotait avec beaucoup de prudence.

Soudain, la voix d'Elisabeth cessa de chanter pour demander :

— Papa, celui-ci est-il à nous ?

— Oui ! Celui-ci, à ta droite !

Jeremy ouvrit les yeux pour apercevoir un édifice, dont la façade, couverte d'une immense enseigne lumineuse, annonçait une comédie musicale.

Un peu plus loin, devant un autre édifice dont l'enseigne annonçait un spectacle de danse, Elisabeth demanda :

— Celui-ci aussi ?

— Eh oui !

— Et celui-là ?

— Oui !

— Et l'autre, là-bas ?

— Non, mais je l'achèterai aussitôt que Jeremy deviendra le roi de New York ! répondit Monsieur Goldmeller en riant.

— Le roi de New York ! s'exclama Elisabeth, ravie.

— Le roi de New York, se répéta Jeremy, tout tremblant.

La Limousine ralentit, tourna vers la droite et s'arrêta devant une immense porte de garage qui s'ouvrit comme par magie. La voiture plongea dans un stationnement intérieur, descendit au troisième sous-sol et s'arrêta.

Elisabeth sortit de voiture en tenant Jeremy dans ses bras. Suivie par son papa, elle entra dans un ascenseur doré. Elle se leva sur le bout des pieds pour appuyer sur le dernier bouton, tout en haut du tableau. L'ascenseur monta tellement vite que les oreilles de Jeremy se bouchèrent.

L'ascenseur s'arrêta. Les oreilles du louveteau se débou-
chèrent.

Les portes s'ouvrirent sur un immense *penthouse* dont les
fenêtres semblaient remplacer les murs. Une dame, le sourire
aux lèvres, ouvrit les bras. Elisabeth s'élança vers elle.

— Maman! Regarde! Il s'appelle Jeremy!

La maman caressa le pelage argenté du louveteau. Elle
embrassa Elisabeth, elle embrassa son mari, puis elle dit :

— Le souper sera servi dans quelques minutes!

Des bruits de casseroles et des grésillements de friture se
firent entendre de la cuisine. Une dame s'approcha, tablier
noué à la taille. Elle sourit de toutes ses dents, mais Jeremy
ne fut pas dupe. En la voyant, il sut tout de suite que cette
dame ne l'aimerait pas. Elle ressemblait à la mère du garçon
qui changeait toujours de nom.

La bonne installa une assiette par terre pour que Jeremy
puisse manger, mais Elisabeth, offusquée, répliqua :

— Lui, il mange avec nous!

Devant la bonne qui n'en croyait pas ses yeux, devant la
mère qui n'en croyait pas ses yeux, devant Monsieur Goldmeller qui en avait vu d'autres, Elisabeth ajouta un couvert de
porcelaine sur la nappe. Elle plaça deux coussins sur une

chaise, y déposa Jeremy et poussa la chaise vers la table pour qu'il puisse manger en compagnie de toute la famille.

Elle s'installa à sa place en disant :

— Ce loup n'est pas un loup ordinaire. C'est Jeremy, mon ami !

La bonne, en levant le nez, fit :

— Hum… hum…

La maman, en se mordillant les lèvres, fit :

— Hum… Hum…

Monsieur Goldmeller ne répondit rien. Il fit un clin d'œil à sa fille.

Pendant le repas, Jeremy mangea en fixant la bonne qui se déplaçait de la cuisine à la salle à manger. Afin de lui faire bonne impression et afin de prouver qu'il avait droit au même traitement que les autres membres de cette famille, Jeremy mangea du mieux qu'il put. Avec le plus d'élégance possible, il lapa sa soupe en essayant de ne pas faire de bruit. Avec beaucoup de distinction, il dégusta le poisson pané sans avaler d'arêtes, mais, rendu au dessert, ce fut la catastrophe. Il lui fut impossible de manger une crème au chocolat sans laisser de taches sur la belle nappe.

Elisabeth le réprimanda devant tout le monde, puis elle lui dit :

— Va réfléchir dans… Va réfléchir dans ma chambre !

Comme Jeremy, tout penaud, ne savait où se diriger, elle le souleva en l'empoignant par la nuque, l'emmena dans une grande pièce, le laissa tomber sur le parquet, ferma la porte et retourna vers la salle à manger.

Jeremy se retrouva seul dans la chambre d'Elisabeth. Une pièce immense surpeuplée de poupées, d'animaux et de figurines de toutes sortes. Jeremy eut l'impression que tous ces jouets le fixaient en silence, le jugeaient en silence, le détestaient en silence. Il sauta sur le lit, se pelotonna sur un oreiller et attendit la suite des événements.

Le soleil se coucha de l'autre côté de la Terre. L'obscurité envahit la chambre pendant que, dehors, les hauts *buildings* s'illuminaient… Jeremy se glissa sous les couvertures douces et moelleuses. Sa tête s'enfonça dans un oreiller de plumes. Une douce chaleur l'envahit.

De longues minutes de tranquillité succédèrent à de longues minutes de tranquillité. Jeremy eut le temps de songer au garçon qui changeait toujours de nom. Il se demandait si l'enfant pensait à lui, s'ennuyait de lui, l'aimait autant qu'Elisabeth pouvait l'aimer.

La fillette ouvrit la porte de la chambre. Dans la pénombre, elle enleva ses vêtements, enfila un pyjama de soie, puis, pendant que Jeremy faisait mine de dormir, elle se faufila dans son grand lit et déposa sa tête sur l'autre oreiller de plumes. La maman s'approcha, se pencha vers sa fille et l'embrassa sur le front, sur les joues, sur le menton. Ensuite, la longue main féminine caressa les oreilles de Jeremy.

Il ferma les yeux afin de profiter de ce moment de bonheur.

La mère repartit et laissa la porte entrouverte. Elisabeth se blottit contre Jeremy. Elle enfonça ses doigts dans son pelage chaud, puis elle murmura en bâillant :

— Bonne nuit, fais de beaux rêves… parce que demain…

— Parce que, demain ? se demanda Jeremy.

Jeremy s'endormit dans les bras d'Elisabeth en ignorant ce que l'avenir lui réservait. De son côté, le petit garçon, recroquevillé dans son lit, rêvait de retrouver son père et son loupion de l'autre côté de la nuit.

Et l'ourson de laine fixait la lune de ses yeux en boutons.

Un onzième chapitre, dans lequel on ne fait que courir

En l'espace de quelques jours, toute la vie de la famille Goldmeller s'organisa autour de celle de Jeremy. Il était devenu le centre de leur univers.

Chaque matin, un majordome venait chercher Elisabeth pour l'amener dans un collège privé où elle apprenait les bonnes manières et tout ce qu'il fallait savoir pour réussir sa vie.

Chaque matin, Jeremy quittait le *penthouse* du quarantième étage. En compagnie d'un chauffeur privé, il s'engouffrait dans une très longue Limousine pour accompagner Monsieur Goldmeller, qui détestait conduire en ville. Ils étaient escortés, chaque fois, par une secrétaire terriblement efficace, une championne de la planification : les rendez-vous professionnels se succédaient à un rythme d'enfer.

En l'espace de quelques jours, Jeremy se retrouva dans une clinique vétérinaire où il fut ausculté, tâté, palpé et examiné sous tous les angles. On analysa son sang, ses urines, ses excréments. On prit des radiographies de ses pattes, de ses hanches, de ses poumons.

Ensuite, pour connaître son comportement devant des caméras, Jeremy fut emmené dans les studios d'un photographe. On le photographia debout, couché, faisant la belle, la gueule ouverte, la gueule fermée.

Pour savoir comment il réagirait à d'éventuels déguisements, on lui attacha une boucle autour du cou. On le coiffa d'un petit chapeau rouge et on le photographia de nouveau, encore et encore, sous tous les angles.

On l'emmena dans un studio de cinéma. On le filma en train de marcher, de courir et de faire des cabrioles. Les caméras s'approchaient, reculaient pour le filmer en accéléré, au ralenti et à une vitesse normale.

Ensuite, Jeremy, toujours conduit par un chauffeur privé, accompagna Monsieur Goldmeller et sa secrétaire terriblement efficace dans différents bureaux, dans différents *buildings*, dans différents quartiers de New York. Chaque fois, Jeremy fut placé comme un bibelot sur des tables de conférence autour desquelles beaucoup de gens l'étudiaient et discutaient en fumant de gros cigares. Et tout cela ne représentait que la vie pendant la journée. Souvent, le soir, Jeremy était affublé de petits chapeaux, de petits plastrons, de petites boucles autour du cou. On l'emmenait à des réceptions de toutes sortes, on le présentait à de grandes dames et à de gros messieurs.

Tout le monde, sans exception, tombait sous le charme de Jeremy.

Pendant ce temps, chaque jour après l'école, le *Petit Malheureux* cherchait son ami dans la forêt en répétant sans cesse Tommy! Tommy! Tommy!

Et l'ourson de laine, toujours couché sur le dos, fixait le grand vide du ciel.

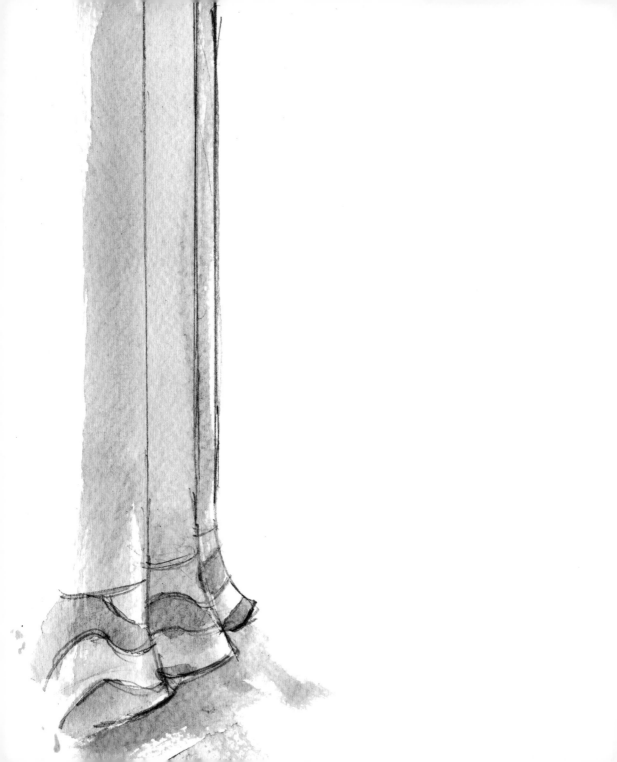

Une école particulière au chapitre douze

Jeremy se retrouva un beau matin dans une école de dressage pour les animaux. À peine sorti de la Limousine, la queue entre les jambes et les oreilles rabattues, il aperçut pour la première fois de sa vie un éléphant, une girafe, un kangourou. Chacun de ces animaux habitait dans une cage à sa mesure.

Monsieur Goldmeller présenta Jeremy à un dresseur dont le bureau était jonché de trophées, de photographies et d'articles de journaux qui vantaient ses mérites.

Pendant que le célèbre producteur expliquait ce qu'il voulait, ce qu'il désirait, ce qu'il attendait, le dresseur opinait de la tête en souriant à Jeremy. Cet homme ne parlait pas beaucoup, mais il semblait comprendre la nature profonde des animaux.

Le premier jour, Jeremy apprit à hurler comme un véritable loup des steppes. Il pouvait s'égosiller, puis au moindre commandement, s'arrêter net pour faire place au silence. Le soir même, Jeremy monta sur le toit du *penthouse* en compagnie d'Elisabeth. Ensemble, ils hurlèrent à la lune, jusqu'à ce qu'ils n'aient plus de souffle.

Le deuxième jour, Jeremy apprit à sauter dans un cerceau. Le soir même, il s'amusa à montrer ses habiletés à Elisabeth qui avait fabriqué un cerceau de fortune avec des cintres de métal.

Le troisième jour, Jeremy apprit à faire semblant de flairer une piste. Il apprit à s'arrêter, puis à repartir au signal donné.

Ce soir-là, Monsieur Goldmeller arriva à la maison avec une nouvelle extraordinaire. Pendant que tout le monde mangeait, il s'approcha de la table en tenant de grandes enveloppes. Avant de s'asseoir, il lança :

— J'ai reçu les résultats…

Elisabeth ne put résister à la tentation de demander :

— Et puis, comment il va, notre champion ?

Le père leva les bras au ciel en disant :

— Il est en parfaite santé, notre champion! Son pelage argenté réagit très bien aux différents éclairages. Ses yeux bleus lui donnent beaucoup de charisme, et en plus, selon le dompteur, il apprend vite, très vite!

— Youppi! s'écria Elisabeth.

— Youppi! relança la mère, tout heureuse.

— Youppi! dit la bonne, sans aucun enthousiasme.

— Youppi! se dit Jeremy, qui fit tout son possible pour ne rien renverser sur la nappe.

Pour confirmer ses propos, le père ouvrit une enveloppe. Il montra les photographies de Jeremy, assis, couché, debout, coiffé d'un chapeau rouge et affublé d'une boucle. Madame Goldmeller s'exclama :

— Oh! Comme il est coquet!

Elisabeth ajouta :

— Oh! Comme il est beau!

Mais la bonne ne dit rien. Elle fit une grimace et retourna à la cuisine.

Monsieur Goldmeller s'installa devant son assiette. Il pointa Jeremy avec le bout de sa fourchette et ajouta avec fierté :

— Il n'y a plus de doute! Nous avons devant nous le prochain roi de New York! La prochaine vedette d'Hollywood!

La future mégastar du show-business !

Toute la tablée applaudit.

Ému et impressionné par tant d'attention, le jeune loup avala une bouchée de travers. Il se mit à suffoquer, puis à râler, puis à gémir. Toute la famille croyait que Jeremy voulait prouver qu'il était un bon comédien. Tout le monde riait. Mais heureusement, Elisabeth finit par comprendre que Jeremy s'étouffait vraiment. Elle eut le réflexe de lui asséner une puissante tape dans le dos. La boulette jaillit de la gorge de Jeremy et fut projetée de l'autre côté de la table, directement sur le tablier de la bonne.

Une fois que tout le monde fut remis de ses émotions, Monsieur Goldmeller essuya le museau du louveteau avec une serviette de table et dit, d'une façon très solennelle :

— Donc, maintenant que tous les tests sont positifs, maintenant que nous connaissons les capacités de Jeremy, nous allons passer à la phase numéro deux. D'ici quelques jours, Jeremy va commencer sa véritable carrière… Il n'y a pas une seconde à perdre !

Pendant ce temps, le petit garçon qui changeait toujours de nom tentait de dessiner des loups sur de vieilles feuilles de papier, qu'il déchirait les unes après les autres. Et l'ourson de laine, perdu dans l'immensité de la prairie, fixait, impuissant, les oiseaux qui venaient lui donner des coups de bec.

Un chapitre treize, qui fait état de la vie de star

Jeremy se retrouva dans le grand studio d'une agence de publicité. Il fut accueilli par une foule de professionnels qui avaient chacun leur spécialité. Jeremy fut brossé par une styliste, pomponné par une maquilleuse, coiffé par un maître coiffeur, et, dans un décor qui ressemblait à un sous-bois, il fut placé tout près d'un sac de fraises congelées. Jeremy fit tout son possible pour obéir aux ordres du directeur de la photographie et du directeur artistique. Pendant plus d'une heure, on le bombarda de flashs. Il en devint tout étourdi. Tellement étourdi, qu'à la fin de la session, il n'avait plus la force de se relever. Il se laissa tomber sur le sac de fraises, maintenant décongelées et il resta là, immobile, épuisé. Monsieur

Goldmeller le prit dans ses bras et le caressa jusqu'à ce qu'il retrouve un peu d'énergie.

Une semaine plus tard, la photographie de Jeremy apparut sur d'immenses panneaux-réclames, qui vantaient «Les fraises congelées King, le goût de la nature».

Les séances de photographie se succédèrent les unes aux autres. On le déguisait en bébé pour une publicité de hochet, en poupon pour annoncer des couches jetables, en jeune écolier pour présenter des crayons ou en jeune sportif pour vanter des trottinettes.

Jeremy, aimé, cajolé, adulé, se prêtait volontiers à tous ces jeux, mais il avait de plus en plus de difficulté à soutenir le rythme des rendez-vous. Il lui arrivait souvent de s'endormir dans la Limousine et de se réveiller sur le plateau d'un photographe, déguisé en aviateur pour annoncer une compagnie d'aviation, ou habillé en explorateur pour vanter les mérites d'une agence de voyages.

Entre chacun des rendez-vous, tout le monde s'engouffrait dans la Limousine. Pendant que le chauffeur privé évitait les embouteillages, Monsieur Goldmeller lançait des appels téléphoniques. La secrétaire terriblement efficace réglait des problèmes d'horaires, confirmait des entrevues, des rendez-vous, prenait des notes, laissait des messages et rappelait des fournisseurs. Jeremy, très peu habitué à ce genre de vie, ressentait de plus en plus souvent des brûlures à l'estomac.

Son cœur palpitait.

Ses intestins se nouaient.

Ses pattes tremblaient.

Certains soirs, Jeremy revenait à la maison complètement épuisé. Il montait sur le toit du *penthouse* pour s'endormir dans les bras d'Elisabeth. En caressant le museau de Jeremy, elle admirait les lumières de la ville qui s'étendaient, comme une Voie lactée, jusqu'au bout du regard.

D'autres soirs, Jeremy allait rejoindre Elisabeth dans sa chambre. Elle l'attendait, entourée de sa cour de peluches. Lorsqu'elle apercevait Jeremy, elle abandonnait ses poupées pour l'accueillir et le serrer dans ses bras, mais il n'avait plus la force de jouer. Il se laissait tomber sur le lit et devenait aussi immobile que les oursons de laine. Elisabeth en profitait pour jouer à la poupée avec lui. Elle l'habillait comme un page, comme un prince, comme un roi.

Souvent, très souvent, Jeremy s'endormait, tout habillé. Derrière les bruits de la ville, il lui semblait entendre le doux murmure des arbres. Et derrière le murmure des arbres, il lui semblait percevoir, quelquefois, la voix du petit garçon, qui l'appelait par son ancien nom. Tommy! Tommy! Tommy!

Pendant ce temps, l'ourson de laine fixait l'obscurité de ses yeux en boutons.

Rien, mais vraiment rien, ne va plus au chapitre quatorze

Les semaines glissèrent les unes sur les autres. Les contrats se succédèrent à un rythme infernal. Les photos de Jeremy se multiplièrent dans les journaux, dans les revues et sur les panneaux-réclames. On le vit dans des pubs de yogourts. On le vit dans une publicité de matelas sur lesquels on s'endormait si aisément qu'il était inutile de compter les moutons.

Des journalistes en manque de nouveauté commencèrent à s'intéresser à ce curieux petit loup. Il fut photographié en compagnie d'Elisabeth, sur le toit de l'Empire State Building.

Il fut photographié dans Central Park, assis sur les genoux de Madame Goldmeller. Il fut filmé par une équipe qui réalisa un topo de trois minutes à une heure de grande écoute. Mais, curieusement, plus la carrière de Jeremy prenait de l'ampleur, et plus la fatigue l'envahissait. Son estomac se nouait de plus en plus à chaque rendez-vous. Son cœur palpitait de plus en plus sous les projecteurs. Il avait de plus en plus de difficulté à marcher, à courir, à obéir aux ordres et aux désirs de chacune des personnes qui l'entouraient.

Monsieur Goldmeller, croyant à un surmenage, lui réservait, de temps à autre, des jours de repos. Mais Jeremy dépérissait à vue d'œil. Il ne mangeait presque plus et, fatalement, n'avait plus aucun enthousiasme.

Les sauts devenaient de moins en moins hauts.

Les culbutes, de moins en moins spectaculaires.

Les finesses, de moins en moins séduisantes.

Jeremy était devenu l'ombre de lui-même et personne ne comprenait pourquoi. Alors toute la famille se retrouva, un matin, dans le bureau d'un éminent psychologue spécialisé en comportement animal. Après avoir posé mille questions à Monsieur le producteur et à chacun des membres de la famille, le psychologue déclara ceci : Jeremy avait besoin de calme et de repos.

À contrecœur, la secrétaire terriblement efficace annula tous les rendez-vous de Jeremy pour une dizaine de jours.

La vie changea du tout au tout chez les Goldmeller. À chaque souper, le père fixait Jeremy d'un regard plein de reproches.

— Qu'allons-nous faire ? demandait souvent Elisabeth.

— Je ne sais pas encore, répondait Monsieur Goldmeller en se mordillant les lèvres.

Malheureux, Monsieur le producteur voyait son rêve et ses profits s'évanouir. Madame Goldmeller anticipait les tensions familiales. Jeremy ne disait rien. Et la bonne s'efforçait de ne pas sourire. Elle ne pouvait plus supporter cette bête que tout le monde s'amusait à considérer comme un être humain.

Le soir du neuvième jour, craignant le pire, ne pouvant plus manger, Elisabeth se leva en ébranlant la table. Les larmes aux yeux, elle dit :

— En tous les cas, il n'est pas question de… de se débarrasser de Jeremy. C'est mon ami, même s'il ne devient pas le roi de New York !

Elle emporta Jeremy dans le salon. Ils s'installèrent devant la télévision et devinrent aussi immobiles que des oursons de laine. L'écran du téléviseur leur envoyait, de temps à autre, des éclats de lumière qui dilataient leurs pupilles. Pendant ce temps, le petit garçon qui changeait toujours de nom fixait le ciel pour y déceler un signe du destin.

L'ourson, couché dans l'herbe, faisait la même chose. Mais il n'y avait rien d'autre, dans le firmament, qu'un vide aussi profond que vertigineux.

La grande tragédie
du chapitre quinze

Après les dix jours de repos forcé, toute la famille Goldmeller remarqua que l'état de santé de Jeremy continuait de se détériorer.

À regret, après avoir consulté, coup sur coup, deux autres psychologues réputés, on lui accorda un autre congé de dix jours.

À la suite de cette décision, la vie de Jeremy devint un abîme de souffrance. Monsieur Goldmeller disparaissait du matin au soir. Madame Goldmeller également. Elisabeth aussi. Pendant de longues journées, Jeremy restait seul à la maison en compagnie de la bonne qui lui refilait des coups de pied chaque fois qu'elle le pouvait.

Pour éviter tout contact avec cette dame qui le toisait avec mépris, Jeremy se réfugiait pendant de longues matinées sous le lit d'Elisabeth… Il passa d'interminables après-midi près de la fenêtre, à feuilleter des livres destinés aux enfants. Des livres qui ressemblaient à de petits morceaux d'espoir avec leurs grandes illustrations dans lesquelles des animaux couraient, jouaient, riaient; des images dans lesquelles il était possible de pédaler sur la lune, de voyager en train par-dessus l'océan ou de s'amuser, tout simplement, dans une prairie, avec un brin d'herbe tombé du ciel.

En se reposant, Jeremy avait regardé, un à un, tous les livres de la bibliothèque d'Elisabeth… Pour chasser l'ennui, il avait joué avec chacun des jouets qui habitaient la chambre… À bout de force et en proie à de terribles maux de ventre, il se pelotonnait sur l'oreiller préféré d'Elisabeth et il rêvait au petit garçon qui changeait toujours de nom.

Le soir du vingtième jour de repos, Elisabeth, de retour du collège, accourut pour retrouver Jeremy. Habituellement, il s'avançait vers elle pour lui donner la patte, mais cette fois-là, Elisabeth pénétra dans sa chambre et rien ne bougea. Inquiète,

elle appela Jeremy à plusieurs reprises. Il n'y eut aucune réponse.

La gorge nouée, Elisabeth fit le tour de sa chambre pour trouver quelques livres déchirés, pour apercevoir quelques poupées déchiquetées, pour finalement découvrir Jeremy, immobile sous le grand lit.

Prise de panique, Elisabeth cria :

— Papa ! Maman ! Venez vite !

Deux secondes plus tard, Monsieur et Madame Goldmeller se précipitèrent dans la chambre de leur fille. Ils s'immobilisèrent en apercevant Jeremy, étendu sous le lit.

— Il faut faire quelque chose, gémit Elisabeth. Je ne veux pas qu'il…

Des larmes coulèrent sur les joues de la mère et quelques-unes sur celles de Monsieur Goldmeller. Mais les oursons, les marionnettes et les poupées restèrent impassibles.

Monsieur Goldmeller quitta la chambre pour se lancer sur le téléphone afin de demander du secours. Pendant ce temps, le petit garçon qui changeait toujours de nom avait des nausées, des maux de ventre qui l'empêchaient de respirer. Et l'ourson, couché dans l'herbe, sentait le vent froid de la nuit venir le pénétrer.

Chapitre seize, où il est répété trois fois « Je vous en prie ! »

Vingt minutes après l'appel de détresse de Monsieur le producteur, deux ambulanciers-vétérinaires se présentèrent chez les Goldmeller. Sans perdre de temps, les deux hommes soulevèrent un côté du lit et l'appuyèrent contre le mur. Ils auscultèrent Jeremy, vérifièrent ses signes vitaux.

Son cœur battait encore.

Avec mille précautions, les ambulanciers déposèrent Jeremy sur un petit brancard puis ils l'emmitouflèrent dans une couverture. Monsieur Goldmeller signa quelques papiers officiels. Elisabeth enfila un manteau pour accompagner Jeremy à l'hôpital vétérinaire, mais ses parents l'en dissuadèrent aussitôt en répétant que le malade avait besoin de repos, qu'il était en bonnes mains et qu'ils iraient le visiter le lendemain.

Avant que les ambulanciers ne repartent, Elisabeth, les yeux rougis par le chagrin, caressa le front de Jeremy. Monsieur Goldmeller dit aux ambulanciers :

— Je vous en prie, faites le maximum pour qu'il s'en sorte !

— Je vous en prie, répéta la maman avec insistance.

— Je vous en prie, soupira Elisabeth entre deux crises de larmes.

La bonne ne répondit rien. Elle avait déjà quitté les lieux.

Les portes de l'ascenseur s'ouvrirent et Jeremy disparut lorsqu'elles se refermèrent.

Folle d'inquiétude, Elisabeth se lança dans les bras de son père, puis dans ceux de sa mère. Inconsolable, elle pleura puis elle finit par s'endormir dans le grand lit de ses parents.

Le lendemain soir, après sa journée au collège, Elisabeth se rendit à l'hôpital vétérinaire en compagnie de sa mère.

Lorsque la fillette aperçut Jeremy branché sur un soluté, immobile au fond d'une cage métallique, elle éclata en sanglots.

Puis, les larmes aux yeux, elle passa son bras entre les barreaux et caressa Jeremy. Il émit un petit soupir, bougea un peu les oreilles ainsi que le bout de la queue. Une dame tout habillée de blanc, lunettes remontées dans les cheveux, s'approcha avec un dossier à la main. Pendant qu'Elisabeth caressait les flancs maigres de Jeremy, la vétérinaire posa quelques questions à la mère, des questions concernant le régime alimentaire de Jeremy. Ce qu'il mangeait. Ce qu'il buvait.

— Pourquoi toutes ces questions? demanda Elisabeth.

— Parce que, selon les prises de sang que nous avons effectuées, votre louveteau a été victime d'un empoisonnement!

— D'un quoi? lança Elisabeth.

La vétérinaire, en pesant chacun de ses mots, répéta que Jeremy était victime d'un empoisonnement systématique, régulier, quotidien… Quelqu'un, dans son entourage, lui donnait du poison à petites doses. Quelqu'un, dans son entourage, lui donnait un produit extrêmement toxique, une substance qui pouvait ressembler aux produits que l'on utilise pour déboucher les tuyauteries… Il n'y avait aucun doute possible. Son estomac en était plein. Son sang en était plein. Si Jeremy n'avait pas eu une forte constitution, il serait mort depuis longtemps!

Un long frisson parcourut le dos d'Elisabeth.

Un long frisson parcourut le dos de la mère.

Elles firent le décompte des gens qui côtoyaient Jeremy : le père ? Impossible ! La mère, elle-même, ici présente ? Impossible ! Elisabeth, elle-même, ici présente ? Impossible ! La secrétaire terriblement efficace ? Impossible !

La mère et la fille, les yeux dans les yeux, s'exclamèrent en même temps :

— La bonne !

La bonne, qui passait de longues journées à la maison avec Jeremy, la bonne qui préparait les repas, la bonne qui le nourrissait, qui lui donnait de l'eau, devenait effectivement la suspecte numéro un.

Elisabeth et sa mère quittèrent l'hôpital vétérinaire, complètement sidérées par ce qu'elles venaient d'apprendre. En route vers la maison, Madame Goldmeller saisit son téléphone cellulaire et appela son mari qui présidait, ce soir-là, un important conseil d'administration. Après avoir parlé à la secrétaire terriblement efficace et lui avoir expliqué qu'il s'agissait d'une urgence, Madame Goldmeller parla enfin à son mari.

Il n'en crut pas ses oreilles.

— Quoi ? La bonne empoisonne Jeremy ?

— Oui ! La bonne empoisonne Jeremy !

Après un long silence, Monsieur Goldmeller ajouta :

— Je… je rentre aussitôt la réunion terminée. En… en attendant, c'est motus et bouche cousue !

Madame Goldmeller jeta un œil sa montre :

— De toute façon, il est vingt heures trente. La bonne a déjà quitté la maison.

Le reste de la soirée se vécut en accéléré. Elisabeth et sa mère entrèrent dans le *penthouse* en coup de vent. Sans même se consulter, la mère et la fille se précipitèrent dans la salle de bain. Elles fouillèrent dans la penderie, dans les armoires, sous le lavabo.

Elles ne trouvèrent rien.

Elles se rendirent à la cuisine, fouillèrent sous l'évier et ne trouvèrent rien.

Elles vidèrent l'armoire à balai et y trouvèrent, cachée tout au fond, derrière un tas de sacs en plastique, une panoplie de produits pour déboucher les toilettes. Elles trouvèrent, aussi, de la mort-aux-rats ainsi qu'une boîte de poudre à récurer. Chacun des contenants était presque vide…

Lorsque Monsieur Goldmeller arriva à la maison, il aperçut sa femme et sa fille, debout dans la cuisine. Devant elles, sur la table, des récipients de toutes sortes. Il y avait assez de poison pour tuer un éléphant. Pendant ce temps, loin, très loin de là, le garçon, toujours victime de maux de ventre, se tordait de douleur dans son lit. L'ourson de laine, retourné par un coup de vent, gisait sur le côté.

Un chapitre dix-sept rempli d'émotions

Le lendemain matin, à son arrivée, la bonne fut assaillie de questions. En apercevant les produits toxiques sur la table, elle finit par avouer sa faute et, aussi, le motif de son crime : la jalousie. La jalousie qui la rongeait chaque fois qu'un des membres de la famille montrait de l'affection à ce jeune loup, de la jalousie pour les faveurs qu'on lui accordait, de la jalousie pour les cadeaux qu'on lui offrait, de la jalousie pour la nourriture, pour la Limousine, pour le chauffeur. De la jalousie pour tout, de la jalousie pour rien…

Elle fut renvoyée sur-le-champ. Monsieur Goldmeller lui répéta plusieurs fois qu'elle pouvait se compter chanceuse de ne pas être poursuivie en justice. Elle ramassa ses quelques objets personnels, puis, avant de quitter les lieux, elle se retourna pour dire :

— Et puis, je ne m'appelle pas « la bonne ». Juste au cas où vous voudriez le savoir, je m'appelle Dolores !

Le lendemain, une nouvelle domestique prénommée Daniella, envoyée par une agence spécialisée, commençait son service chez les Goldmeller.

Le surlendemain, Jeremy, à la suite d'une diète sans poison et de plusieurs transfusions sanguines, arrivait encore à peine à se tenir debout dans sa cage.

Une semaine plus tard, il trépignait pour sortir de son enclos de broches. On lui fit passer d'autres tests, d'autres examens et un autre diagnostic fut prononcé : Jeremy pouvait retourner à la maison.

En compagnie de son père et de sa mère, Elisabeth se rendit à l'hôpital vétérinaire. Pendant que Monsieur Goldmeller signait et contresignait des formulaires administratifs en trois copies, la fillette se rendit dans une grande salle dont les murs étaient couverts de cages de toutes sortes. Parmi les jappe-ments, les miaulements et les piaillements, elle reconnut bien distinctement les plaintes de Jeremy qui grattait les barreaux de sa prison. En le voyant ainsi, Elisabeth se rendit compte à quel point elle aimait ce jeune loup. Elle l'aimait de tout son cœur et de toute son âme. Son cœur palpitait. Son âme exultait.

Un jeune stagiaire, vêtu de blanc, ouvrit la porte de la cage. En émettant des jappements joyeux, Jeremy se lança dans les bras d'Elisabeth. L'espace d'un instant, le reste du monde cessa d'exister. L'animal n'en était plus un. La petite fille n'en était plus une. Il ne restait que de l'amour. Que du bonheur.

Un amour pur.

Un amour total.

Un amour sans conditions.

À grands coups de langue, Jeremy léchait les joues d'Elisabeth. Elle riait, elle tournait sur elle-même en serrant son Jeremy dans ses bras. Tout cela ressemblait à une danse sans musique, sans apparat, sans effets spéciaux. Les retrouvailles furent si émouvantes que les autres pensionnaires se turent un à un. On cessa de japper, de miauler, de piailler. Dans le silence de cette grande pièce, on n'entendait plus que des cris de joie et des grognements de plaisir qui se faisaient échos.

Une heure plus tard, la Limousine noire se dirigeait vers la mer. Assise à l'avant, Madame Goldmeller s'était blottie contre son mari. Sur la banquette arrière, Jeremy trônait sur les genoux d'Elisabeth. Derrière les vitres teintées, le soleil n'avait jamais été aussi beau, aussi chaud, aussi invitant.

La Limousine glissa le long de l'océan et s'arrêta aux abords d'une plage caressée par les vagues. Les parents s'étendirent au soleil. Elisabeth et Jeremy jouèrent dans l'eau salée. Chacun, à sa manière, voulut arrêter le temps, voulut que le vent cesse de souffler, que les nuages cessent de bouger, que le sable de la grève cesse de disparaître dans le sablier du temps.

Vers la fin de l'après-midi, toute la famille s'installa dans un petit restaurant. Ils mangèrent en contemplant l'océan. Puis chacun remonta dans la Limousine. Ils revinrent à la maison, la tête inondée de soleil et les poumons gorgés d'air salin.

En posant les pattes dans l'appartement, Jeremy s'arrêta net. Il sauta dans les bras d'Elisabeth et se mit à trembler comme une feuille. La nouvelle servante le regardait en souriant.

Elisabeth les présenta l'un à l'autre. Daniella caressa Jeremy entre les deux oreilles, à l'endroit exact où il le fallait. Il ferma les yeux et sentit que cette femme était pleine de bienveillance. Il quitta les bras d'Elisabeth, fit le tour de l'appartement, flaira les coins et les recoins, puis en émettant de petits grognements de satisfaction, il se lança dans la chambre aux mille jouets, sauta sur le lit et se blottit sur l'oreiller de plumes.

Elisabeth et Jeremy se couchèrent l'un près de l'autre. Elle était si heureuse, qu'elle n'avait même plus besoin de rêver. Jeremy s'endormit sans même se rendre compte qu'il avait complètement oublié le petit garçon qui changeait toujours de nom.

Et l'ourson de laine, tourné sur le côté, fixait les grands arbres de la forêt, qui s'agitaient sous le vent.

La joie revient
au chapitre dix-huit

En l'espace de quelques jours, la joie et l'allégresse revinrent s'installer chez les Goldmeller. Le bonheur se manifestait dans les moindres activités quotidiennes. Tout le monde souriait, chantonnait, sifflotait. À chaque repas, Jeremy mangeait une double ration de nourriture que lui préparait amoureusement Daniella. Il était si affamé et si heureux de retrouver la santé qu'il en oubliait ses bonnes manières. Du potage était renversé sur le plancher. De la crème glacée coulait le long de la table. Des miettes de pain jonchaient le plancher, mais toute la famille souriait de bonheur.

Monsieur Goldmeller échafaudait de nouveaux plans d'affaires.

Madame Goldmeller se détendait un peu plus chaque jour.

Elisabeth jouait avec Jeremy.

Et Jeremy était heureux, tout simplement heureux.

À force de bien manger, Jeremy prit du poids, du coffre et de l'assurance. Maintenant âgé de six mois, il avait acquis beaucoup de maturité. Il connaissait les bonnes manières, essuyait ses pattes sur les paillassons, faisait une courbette devant les étrangers, se promenait souvent avec Elisabeth, coiffé d'un chapeau melon, et portait régulièrement un plastron qui lui donnait l'allure d'un lord anglais.

Jeremy avait de la classe.

Du style.

Et beaucoup d'élégance.

Monsieur Goldmeller passait de longues journées au téléphone, à la maison, dans la Limousine et dans son bureau. Il s'entretenait avec des comptables, des banquiers et surtout, avec des gens de cinéma.

La secrétaire terriblement efficace apparut un matin à la porte du *penthouse*. Elle embrassa Jeremy sur le museau, puis, en souriant, elle l'emmena faire un tour de Limousine. Tout au long du trajet, en le caressant, elle lui expliqua ce qu'on attendait de lui.

Jeremy se retrouva devant un nouvel entraîneur, Monsieur Coba, un homme de petite taille, qui devait l'initier au métier d'acteur, mais pas n'importe quelle sorte d'acteur : acteur de cinéma. Ainsi donc, pendant plus de deux mois, cet entraîneur, très exigeant et très méticuleux, apprit à Jeremy comment regarder une caméra en montrant ses crocs pour donner l'illusion qu'il était méchant. Il lui apprit à exprimer différentes émotions, la joie, la peine, la colère, l'ennui. Il lui apprit surtout à charmer la caméra, parce que, répétait-il sans cesse, derrière cette lentille se cachent des millions de spectateurs et ces spectateurs, quel que soit leur âge, ne demandaient que trois choses : être émus, être émus et encore être émus.

— Sans émotions, les films ne sont que des successions d'anecdotes, répétait Monsieur Coba.

Jeremy apprit donc à charmer la caméra en tournant la tête sur le côté, en clignant des paupières, en faisant les yeux doux, en esquissant un sourire enjôleur. Il apprit à fixer l'objectif en écarquillant les yeux et en laissant tomber ses oreilles. Il apprit à « faire le beau » en se couchant et en posant son museau sur ses pattes de devant, savamment croisées l'une sur l'autre.

De temps à autre, pour se dégourdir, Jeremy apprenait à sauter par-dessus de hautes clôtures, à attraper des objets au vol, à sauver des mannequins de bois de la noyade, à désarmer de faux voleurs...

À la suite de cet apprentissage intensif, Jeremy était fin prêt pour entreprendre une grande carrière cinématographique. Lors de discussions enflammées pendant l'heure du souper, chaque membre de la famille Goldmeller envisageait la carrière de Jeremy selon ses propres intérêts. Elisabeth imaginait Jeremy dans un film d'action. Sa mère le voyait dans un drame passionnel. La nouvelle bonne, Daniella, rêvait d'un film romantique. Mais Monsieur Goldmeller, qui gérait la carrière de Jeremy avec beaucoup de flair et de doigté, en avait décidé autrement.

Pendant ce temps, le petit garçon qui changeait toujours de nom vivait les heures les plus sombres de sa vie. Le *Triste,* le *Malheureux,* le *Vagabond* errait dans la prairie en criant le nom de son père et en hurlant le nom de son loup, mais il n'avait trouvé qu'un ridicule ourson de laine, aussitôt abandonné dans les herbes folles.

Un chapitre dix-neuf
en forme de petit écran

C'est au petit écran que Jeremy commencerait sa véritable carrière en devenant le personnage principal d'une série d'émissions quotidiennes qui devait s'intituler « Le loup des bois ». La puissante organisation de Monsieur Goldmeller, supervisée par la secrétaire terriblement efficace, y travaillait depuis quelque mois. Scénaristes, concepteurs, maquilleurs, décorateurs, réalisateurs, musiciens avaient conçu l'émission idéale pour propulser Jeremy dans les hautes sphères du vedettariat.

À dix heures précises, un lundi matin, la jolie frimousse de Jeremy apparut au petit écran. Malgré sa formation d'acteur, il jouait, un peu maladroitement au début, le rôle d'un jeune loup recueilli par une vieille dame.

De jour en jour, encouragé par les conseils bienveillants de Monsieur Coba, Jeremy prenait de l'assurance. Son jeu s'améliorait, sa présence aussi… De semaine en semaine, de nouveaux téléspectateurs charmés par ce jeune loup regardaient l'émission.

Cette histoire émouvante, destinée aux enfants et surtout à leurs mamans, devint très vite l'émission matinale la plus regardée en Amérique.

Jeremy devint une supervedette. Tout au fond du studio de télévision, on lui aménagea une loge dans laquelle il pouvait répéter son rôle. Monsieur Coba, toujours présent, le préparait pour chacune des scènes à venir. Il lui expliquait le scénario, ainsi que les mouvements et les déplacements à faire. Au fil des émissions, Jeremy devint tellement à l'aise qu'il s'amusait quelquefois à improviser des postures, des expressions, des mimiques. Tout cela lui donnait un charme et un charisme extraordinaires qui ne laissaient personne indifférent.

Après un mois de diffusion, les sondages indiquèrent que « Le loup des bois » avait atteint un auditoire de cinq millions de téléspectateurs.

Après deux mois de diffusion, dix millions de personnes regardaient l'émission.

Après trois mois, quinze millions de personnes.

Après seulement quatre mois, plus de vingt millions de personnes pleuraient, chaque matin, à la fin de l'épisode.

« Le loup des bois » eut tellement de succès que les diffuseurs décidèrent de le présenter à une heure de grande écoute, soit à dix-neuf heures. Alors, ce fut ce que l'on appelle, dans le merveilleux monde du spectacle, un mégasuccès.

Phénomène aussi rare qu'extraordinaire, plus de cinquante millions de téléspectateurs à travers l'Amérique étaient rivés, chaque soir de la semaine, devant leur petit écran. Partout, dans les salons mondains, dans les bureaux, dans les restaurants, on ne parlait que de Jeremy. Tous les enfants voulaient jouer avec un loup comme celui-là. Toutes les mères voulaient cajoler un loup comme celui-là. Tous les pères voulaient posséder un loup comme celui-là.

Jeremy était devenu tellement populaire que les studios où il travaillait furent envahis par une foule d'admirateurs qui désiraient le voir, lui parler, le toucher. Des groupies lui apportaient des cadeaux de toutes sortes. On lui faisait livrer des pizzas, des hamburgers, du poulet rôti… Bref, Jeremy était devenu tellement populaire que l'entraîneur, Monsieur Coba, craignait que son protégé ne perde sa concentration. De son côté, la secrétaire, bien que terriblement efficace, n'arrivait plus à répondre à tous ceux qui demandaient un entretien avec Jeremy. Des vedettes de base-ball, de soccer, de basket-ball désiraient se faire photographier en compagnie de la Vedette. Des membres du gouvernement américain aussi, ainsi que des ambassadeurs, des astronautes, des rock stars…

Mais comme l'avait décidé Monsieur Goldmeller, le temps n'était pas encore venu pour cela. Selon lui, Jeremy n'avait pas encore atteint le sommet de la gloire.

Deux gardes du corps, deux géants aux épaules plus larges que des réfrigérateurs et aux mains plus grosses que des gants de base-ball, furent engagés pour éloigner les indésirables. Jeremy ne pouvait plus se déplacer sans être accompagné, soit par ses gardiens, soit par l'entraîneur, soit par la secrétaire extrêmement efficace, soit par Monsieur Goldmeller, qui veillait sur son protégé comme sur un trésor.

Entre deux prises de vue, Jeremy se réfugiait dans sa loge. Là, étendu sur un coussin moelleux, il se reposait en compagnie de son entraîneur. Quelquefois, la sonnerie du téléphone retentissait dans la pièce. Monsieur Coba, qui filtrait les appels, répondait, puis raccrochait aussitôt qu'il s'agissait d'un inconnu voulant parler au loup des bois.

Toutefois, de temps à autre, l'homme répondait : «Un instant, mademoiselle !» À ce moment-là, l'entraîneur collait le combiné sur l'oreille de Jeremy. Elisabeth lui disait bonjour, lui racontait ce qu'elle faisait, ce qu'elle pensait, ce qu'elle imaginait. Elle parlait de tout et de rien. Jeremy lui répondait par de petits coups de langue, par de petits aboiements, par de petits gémissements…

Une fois la conversation terminée, Jeremy préparait la scène à venir, puis retournait dans le studio où l'attendait toute l'équipe de production. Pendant ce temps, la vie du *Petit Malheureux* semblait s'être arrêtée. Il avait tenté d'apprivoiser un écureuil, un rat musqué, une belette, mais il n'avait réussi qu'à se faire mordre. Pour exprimer sa rage, il donnait régulièrement des coups de pied à l'ourson de laine qui, chaque fois, roulait un peu plus loin dans les herbes folles.

Un vingtième chapitre,
réglé comme une horloge

La vie de Jeremy était réglée comme une horloge. Il se levait à six heures tous les matins, mangeait sur le bout de la table, se rendait au studio en Limousine, répétait les scènes à venir, dînait en vitesse, enregistrait les scènes pendant l'après-midi et revenait à la maison, le soir, complètement épuisé. Et cela, jour après jour, semaine après semaine, mois après mois. Il n'avait plus le temps de jouer avec Elisabeth, plus le temps de flâner, plus le temps de rêver. Sa tête était remplie de mimiques à faire devant telle ou telle caméra, de mouvements à exécuter devant tel ou tel acteur… de sons à produire à tel ou tel moment…

De temps à autre, Monsieur Coba emmenait Jeremy dans un terrain vague attenant aux studios de télévision. Tout heureux de se retrouver enfin à l'air libre, loin de la chaleur des projecteurs, Jeremy en profitait pour courir, pour jouer, pour hurler. Mais souvent sa course et ses jeux étaient interrompus par la présence de nombreux admirateurs. On se précipitait sur lui avec un tel engouement, une telle exaltation, voire une telle violence dans l'enthousiasme, que Jeremy lui-même s'enfuyait pour se réfugier dans les studios. La queue entre les jambes, il se cachait dans sa loge, s'étendait sur son grand coussin et tentait de comprendre pourquoi il n'avait plus le droit de vivre librement sa vie. Pourquoi tous les inconnus qu'il rencontrait connaissaient son nom et pourquoi on se précipitait sur lui avec autant de frénésie.

Monsieur Goldmeller lui en donna l'explication.

Un soir, toute la famille s'installa devant le téléviseur. Lorsque l'émission «Le loup des bois» commença, Jeremy, pour la première fois, se vit apparaître à l'écran. Mais il n'eut pas le temps de se regarder très longtemps. Monsieur Goldmeller le prit dans ses bras et l'emmena devant la grande fenêtre du salon. Là, Monsieur le producteur expliqua à

Jeremy pourquoi les trottoirs de la ville étaient déserts, pourquoi les rues de la ville étaient désertes. Il lui expliqua aussi pourquoi toutes les fenêtres de tous les *buildings* lançaient, en même temps, les mêmes éclats de lumière : parce que tout le monde écoutait la même émission. Parce que tout le monde avait les yeux et le cœur rivés à leur petit écran et cela, de village en village, de ville en ville, partout à travers l'Amérique. Partout, sauf dans la maison du petit garçon, car le téléviseur n'y fonctionnait plus depuis très longtemps.

Chapitre vingt et un, dans lequel il est fait mention de l'incroyable message de Jeremy

Maintenant que « Le loup des bois » fracassait tous les records d'audience, maintenant que Jeremy trônait au firmament du vedettariat, Monsieur Goldmeller décida qu'il était temps de passer à la prochaine étape.

La secrétaire terriblement efficace et son armée de relationnistes organisèrent une immense conférence de presse dans le hall du Musée d'art contemporain de New York. Lors de cette conférence de presse où fut invité tout le gratin de New York, le célèbre producteur devait annoncer une importante nouvelle concernant la carrière de son protégé; une importante nouvelle qui ferait la joie de tous ses admirateurs.

Jeremy fut donc présenté aux journalistes, enfermé dans une cage à l'intérieur de laquelle il jouait au méchant loup. Il hurla. Il grogna. Il montra les crocs. Puis, dans une mise en scène savamment orchestrée, la porte de la cage s'ouvrit d'un coup sec. Jeremy se précipita vers les journalistes affolés. Il s'arrêta net, puis, au son d'une musique entraînante, il se mit à danser et à faire des cabrioles.

L'effet fut total.

Les journalistes crièrent de peur, puis se laissèrent charmer par ce merveilleux loup aux yeux bleus et au pelage argenté. Assis bien droit sur une chaise, Jeremy fit la démonstration de tout ce qu'il avait appris. Devant les yeux éberlués des journalistes, il commença par faire quelques mimiques, puis il se mit à produire des sons qui ressemblaient au langage des hommes. Du fond de la gorge, il commença par émettre des gémissements profonds semblables à des plaintes. Ce furent ensuite des mouvements saccadés de la langue qui provoquèrent des intonations semblables à de longues phrases. Puis, exactement comme s'il était en train de prononcer une conférence, il commença à bouger les mâchoires et à produire une infinité de vocables. On aurait dit un orateur parlant une langue inconnue, une langue savante et complexe que chacun des membres de l'assistance essayait de comprendre.

Ensuite, Elisabeth apparut, toute menue, toute frêle, portant une longue chape rouge. Ainsi déguisée en Petit Chaperon rouge, elle s'entretint avec les journalistes. Elle se laissa photographier avec son loup. Elle répondit aux questions. Elle chanta en faussant. Elle expliqua comment elle avait rencontré Jeremy à la lisière d'un grand bois et comment ils étaient devenus les meilleurs amis du monde.

La suite de la conférence de presse fut toutefois troublée par un événement inattendu. Sans même qu'Elisabeth se doute de quoi que ce soit, sans même que Monsieur Goldmeller se doute de quoi que ce soit, sans même que la secrétaire terriblement efficace se doute de quoi que ce soit, l'entraîneur, Monsieur Coba, fit son apparition en tenant un carton blanc. Le petit homme, intimidé par la présence des journalistes, s'installa près de Jeremy, lui fit un clin d'œil, sortit un crayon feutre de sa poche et le décapuchonna. Toutes les caméras, qui retransmettaient l'événement en direct, firent un gros plan sur le crayon. Jeremy le prit dans sa gueule, l'approcha du carton, et lentement, très lentement, devant les téléspectateurs incrédules, il se mit à écrire une première lettre, un «J» tremblotant, suivi d'un «E» légèrement décalé.

Les journalistes, les réalisateurs et les téléspectateurs, sidérés, virent apparaître le « JE » avec un réel émerveillement.

Partout, en Amérique, on retenait son souffle. Jeremy, le loup des bois, était en train d'écrire quelque chose !

Sous l'œil bienveillant de son entraîneur, Jeremy, le crayon dans la gueule, continua à écrire avec beaucoup d'application, un « V » hésitant, suivi d'un « O » un peu croche, suivi d'un « U », suivi d'un « S ».

Toute l'Amérique fut bouleversée en lisant les deux mots écrits maladroitement par Jeremy : « JE VOUS. »

Et puis, ce fut l'apothéose pendant que le loup écrivait le dernier mot, « AIME », suivi d'un énorme point d'exclamation « ! ».

JE VOUS AIME !

Les flashs des caméras mitraillèrent le morceau de carton.

Jeremy termina le message en signant son prénom, puis il ajouta des petits « X » et des petits cœurs un peu partout.

Le soir même, au téléjournal de fin de soirée, on montra aux spectateurs attendris le message de Jeremy. Le lendemain matin, tous les journaux d'Amérique reprenaient à la une le message de Jeremy. Quelques jours plus tard, tous les hebdomadaires prenaient eux aussi le relais pour diffuser le message d'amour de Jeremy.

C'était l'apothéose. Pendant presque une semaine, tous les médias ne parlèrent que de Jeremy. Monsieur Goldmeller et son équipe, complètement dépassés par la situation, n'avaient même pas eu l'occasion d'annoncer la bonne nouvelle aux admirateurs.

Pendant ce temps, le petit garçon, qui faisait régulièrement l'école buissonnière, errait dans la prairie, jouait tout seul près du ruisseau, longeait la lisière des grands arbres et donnait des coups de pied à l'ourson de laine qui tournoyait de plus en plus haut et de plus en plus loin dans les airs.

Un chapitre vingt-deux, pour annoncer la bonne nouvelle

La bonne nouvelle ne tarda pas à venir. Les journaux annoncèrent que très bientôt, Jeremy deviendrait la vedette d'un grand film, un long métrage… mais Monsieur Goldmeller, fin stratège, n'en dit pas plus.

Les journaux à potins commencèrent à spéculer sur le nouveau projet de film. On se perdait en suppositions, en conjectures. Quel en sera le titre ? Le thème ? Quel acteur ou actrice sera la covedette ? Où le film sera-t-il tourné ? Quand sera-t-il présenté ?

Pendant que Jeremy, caché, protégé, apprenait son nouveau rôle pour le cinéma, Monsieur Goldmeller inonda le marché de produits dérivés. Il commença par mettre en vente des copies vidéo de la célèbre émission de télévision. Il fit paraître un livre racontant les aventures du jeune loup. Ensuite, ce furent des affiches, des cartes postales, des macarons, des chandails, des t-shirts, des cahiers d'écoliers, des albums à colorier, des figurines, des poupées à l'effigie de Jeremy qui se vendirent comme des petits pains chauds.

Tous les coins de l'Amérique, même les plus reculés, furent envahis, ratissés, exploités.

Partout à travers l'Amérique, des petites filles rêvaient de jouer à la poupée avec un aussi joli loup.

Partout à travers l'Amérique, des petits garçons rêvaient de partir à l'aventure avec un aussi joli loup.

Et, dans un endroit précis de l'Amérique, en Pennsylvanie, un petit garçon, les yeux mouillés et les mains tremblantes, revenait régulièrement du village avec des piles de journaux trouvés dans les poubelles. Il les découpait en morceaux et placardait les murs de sa chambre avec les images de ce loup… ce loup si reconnaissable avec ses yeux bleus et son pelage argenté. Il n'y avait pas de doute, c'était ce loupion qu'il avait sauvé des serres d'un épervier, ce loupion qu'il avait nourri, qu'il avait aimé et qu'il avait ramené dans la forêt, la veille de son retour à l'école.

Chaque soir, seul dans son lit, le *Petit Sidéré* se demandait comment et pourquoi son Tommy s'appelait maintenant Jeremy. Il se demandait, aussi, par quelle entourloupette du destin il était devenu la vedette de tous ces journaux, de toutes ces revues. Il voyait maintenant son loupion partout dans les kiosques, sur des bancs, dans les parcs et même à l'école sur des tablettes, des sacs à dos, des boîtes à lunchs… Le garçon avait beau imaginer les scénarios les plus invraisemblables, il n'y comprenait rien à rien.

Ce n'est que le jour où le livre intitulé « Les Aventures de Jeremy » lui tomba dans les mains, que le *Petit Stupéfait* commença à comprendre. Mais comme il avait un peu de difficulté à lire, c'est son camarade de classe, un certain Max Levingston, qui lui résumait, chaque jour, un paragraphe ou un chapitre du livre. Le petit garçon qui changeait toujours de nom écoutait la voix de Max avec tellement d'intensité que, chaque fois, des larmes roulaient sur ses joues. Personne dans la classe, personne dans l'école, personne dans le village ne se doutait que dans le premier chapitre de ce livre, on parlait de lui. En écoutant la voix de Max, le *Petit Fébrile* se souvenait de cette longue Limousine noire qui s'était arrêtée au bord de la route. Il se souvenait de cet homme riche, qui lui avait offert de l'argent. Il se souvenait très bien d'avoir refusé une somme importante. Il se souvenait très bien d'avoir abandonné son loupion dans la forêt, près d'une source, puis, ensuite, de s'être sauvé à travers les champs… À partir de cet événement précis, le livre ne parlait plus de lui. Il était disparu de l'histoire pour être remplacé par une fillette, qui fréquentait un collège privé et qui se promenait toujours en Limousine.

Lorsque Max Levingston termina la lecture du livre, le petit garçon qui changeait toujours de nom comprit que son amour pour le loup se ravivait. En retournant chez lui, après l'école, il comprit que son amour grandissait encore. Puis, le soir, dans son lit, le petit garçon se mit à imaginer qu'un jour, tous les deux, lui et son loup allaient courir ensemble dans la prairie. Ils allaient se sauver dans la vieille cabane. Ils allaient jouer près du ruisseau.

Bientôt, dans sa tête et dans son cœur, ses désirs devinrent des certitudes.

Pour se rendre au cinéma au chapitre vingt-trois

Jeremy, protégé par ses gardes du corps et dirigé par son entraîneur, Monsieur Coba, se lança tête baissée dans le tournage d'un premier film. Ce long métrage racontait l'histoire d'un homme qui, les soirs de pleine lune, se transformait en loup-garou. Évidemment, Jeremy jouait le loup-garou du mieux qu'il pouvait. Il hurlait à la lune. Il courait dans les bois et il aimait, en cachette, une femme dont les cheveux blonds brillaient sous les éclats de la lune.

Le film intitulé « La nuit des hurlements » fut lancé en grande pompe sur presque tous les écrans d'Amérique. Mais le public, très peu intéressé par une histoire aussi banale, ne fut pas très enthousiaste. En plus, les critiques furent désastreuses. Dans les journaux et à la télévision, on se plaisait à souligner la faiblesse du scénario, de l'intrigue cousue de fil blanc et du jeu médiocre des acteurs. Même la performance de Jeremy fut égratignée par quelques critiques. Personne ne comprenait pourquoi ce loup si sympathique au départ était devenu si peu attrayant.

Le film obtint ce qu'on appelle un succès mitigé, ce qui, pour Monsieur Goldmeller, représentait un désastre financier.

Un fiasco.

Malgré toutes les critiques négatives, le petit garçon qui changeait toujours de nom voulut voir ce film. C'était une question de vie ou de mort. Un samedi matin, ne pouvant plus résister à la tentation, le *Petit Curieux* fouilla dans le sac à main de sa mère. Le cœur battant, il ouvrit le portefeuille pour s'emparer du contenu : à peine dix dollars en comptant les sous noirs. Ensuite, il enfila ses vieilles espadrilles et se rendit en courant dans la ville voisine. Il paya son billet pour la représentation suivante. Mais, trop nerveux pour rester immobile, il attendit en faisant les cent pas devant le cinéma. À l'heure dite, il se précipita dans la salle obscure dont le mur du fond était couvert par un immense rideau rouge. Assis en compagnie de quelques amoureux qui se bécotaient, il attendit fébrilement que la représentation commence.

Le rideau s'ouvrit comme par magie. Sur l'écran, commencèrent à défiler quelques réclames publicitaires suivies de plusieurs bandes-annonces des films à venir. Pendant ce temps, le *Petit Fébrile,* le *Petit Anxieux,* le *Petit Rêveur* tremblait sur son siège en attendant l'arrivée de son loup.

Et puis soudain, après la troisième bande-annonce, sur une musique tonitruante, une voix venue de nulle part annonça en grande pompe :

— Voici maintenant votre programme principal !

Pendant une heure et demie, le monde entier disparut dans un brouillard.

Pendant une heure et demie, le *Petit Spectateur,* les pupilles dilatées et la bouche grande ouverte, fixa l'écran sur lequel apparaissait son loup, immense, en cinémascope.

Pendant une heure et demie, le *Petit Enchanté* regarda son loup courir, marcher, hurler. Chaque fois qu'il le voyait apparaître à l'écran, son cœur bondissait. Il voulait le serrer dans ses bras, marcher près de lui, courir près de lui mais surtout, il voulait lui donner des conseils, l'avertir des dangers, le protéger du malheur qui semblait s'acharner sur la pauvre bête…

À chaque montée dramatique, le *Petit Troublé* sursautait et criait :

— Tommy! Jeremy! Attention derrière toi!

Ou bien :

— Non! Non! Ne va pas là!

Ou encore :

— Sauve-toi, Tommy! Jeremy! Sauve-toi!

Tellement concentré sur l'écran, il n'entendait même pas les reproches des autres spectateurs. Il parlait à voix haute, criait, gesticulait, invectivait les méchants, sans même se préoccuper de ce qui se passait autour de lui.

Lorsque le mot FIN apparut et que le générique commença à se dérouler, les amoureux et les autres spectateurs quittèrent la salle. Le petit garçon resta tout seul, les yeux noyés de larmes. Il continua à fixer l'écran vide, l'écran devenu blanc, sur lequel défilait maintenant, au ralenti, une suite de souvenirs impérissables, puis une suite de rêves tous plus improbables les uns que les autres.

Lorsque le concierge commença à passer la vadrouille sur le plancher, le *Petit Rêveur* cessa de fixer l'écran. Il se leva et quitta la salle. Il erra pendant quelques instants, puis, la tête remplie d'images nocturnes et de hurlements lugubres, il

revint chez lui en longeant la longue route qui menait nulle part, ailleurs, au pays des rêves.

Lorsqu'il arriva à la maison, sa mère l'attendait sur le balcon. Le *Petit Voleur*, le *Petit Menteur* fut enfermé dans sa chambre jusqu'au lundi matin.

Mais le *Petit Puni* n'en fut même pas troublé. Couché sur son lit, il ne pensait qu'à son loup en échafaudant des scénarios tous plus merveilleux les uns que les autres. Il rêvait de se rendre à New York pour rencontrer Jeremy dans un parc, dans un restaurant, ou devant un cinéma… Ensuite, le petit garçon qui changeait toujours de rêves imaginait une Limousine noire sur la route de terre qui menait à la maison. La voiture s'approchait en laissant derrière elle un nuage de poussière. Elle s'arrêtait. Une porte s'ouvrait. Jeremy descendait de voiture. Le petit garçon, debout près de la remise, regardait le loup. Le loup regardait le petit garçon, puis, au ralenti, comme dans «La nuit des hurlements», les deux héros se lançaient dans les bras l'un de l'autre.

Le rêve se poursuivit, ainsi, de nuit en nuit… Pendant ce temps, Elisabeth dormait dans son grand lit moelleux en compagnie de son Jeremy d'amour. Et l'ourson de laine fixait la voûte céleste en ne rêvant à rien.

Chapitre vingt-quatre,
pour une autre tentative de succès

Après l'échec du premier film, Monsieur Goldmeller congédia toute son équipe, sauf la secrétaire terriblement efficace. Il engagea d'autres concepteurs, d'autres scénaristes, d'autres musiciens et un autre réalisateur. Tout ce beau monde s'enferma dans un immense bureau. On discuta de Jeremy pendant des jours, des semaines… Il pourrait jouer le rôle du premier loup astronaute… Il pourrait devenir le gérant d'une équipe de base-ball… Il pourrait jouer le rôle d'un banquier… Il pourrait devenir un expert en arts martiaux…

Un grand cuisinier… Un peintre reconnu… Un pompier fabuleux…

Les concepteurs remplirent des cahiers et des cahiers d'idées plus farfelues les unes que les autres, mais aucune des suggestions ne plaisait à Monsieur Goldmeller.

Après un mois de discussions et de palabres, Monsieur Goldmeller décida de retourner à la formule gagnante, celle qui avait fait le succès des émissions de télévision, dont les reprises attiraient toujours des millions de téléspectateurs. La recette était toute simple. Il fallait revenir à la base : exploiter l'émotion provoquée par ce jeune loup affamé et solitaire.

Le deuxième film fut tourné promptement. Quelques mois plus tard, à grands coups de publicité, on lança « Le loup argenté ». Jeremy apparut en gros plan, en pleine page des journaux. Elisabeth elle-même se prêta au jeu de la promotion en parlant du film et en racontant des anecdotes concernant le tournage. Pourtant, ce deuxième film, contrairement à ce qui avait été prévu, ne reçut pas l'aval des spectateurs. En effet, pourquoi payer pour visionner un film qui ressemblait comme deux gouttes d'eau à une émission de télévision gratuite que l'on pouvait regarder dans le confort de son foyer ?

Cette fois, le petit garçon qui changeait toujours de nom réussit à emprunter des sous à son ami Max Levingston. Il se rendit au cinéma et assista à la représentation du « Loup argenté ». Il resta près de deux heures bouche bée devant l'écran. Les yeux rivés sur son Tommy, il en oublia de cligner des yeux, d'avaler sa salive et même, souvent, de respirer. Son loup, tout entier, finit par habiter chacune de ses cellules à tel point qu'à la fin de la représentation, le *Petit Fasciné* eut l'impression de mourir lorsque les lumières tamisèrent le plafond de la salle.

Il finit par se lever, puis, comme un automate, il remonta l'allée principale, ouvrit les grandes portes du cinéma et se retrouva sur le trottoir.

Dehors, sous un grand ciel mauve, le *Jeune Spectateur* eut l'impression que les maisons étaient vides, les automobiles aussi, les passants aussi. Pris d'une folie soudaine, le petit garçon voulut revoir son loup.

Tout de suite.

Immédiatement.

Il arrêta le premier quidam pour lui demander dans quelle direction se trouvait la ville de New York. L'homme, surpris par cette question, réfléchit pendant quelques secondes, pour finalement pointer son index vers la gauche. Le petit garçon traversa la rue, leva son pouce et tenta de faire de l'auto-stop.

Des policiers le ramenèrent à la maison… Inutile de raconter la réaction de sa mère… Le *Fugitif* monta dans sa chambre. Il se recroquevilla sur son lit et ne cessa de rêver à Jeremy. Pendant toute la nuit, il élabora d'autres plans pour retrouver son loup.

C'était devenu, pour lui, une question de survie.

Un chapitre vingt-cinq
en forme de catastrophe

« Le loup argenté » ne resta à l'affiche que trois semaines. Il fut retiré des salles de cinéma et remplacé par un film de cape et d'épée.

Monsieur Goldmeller, qui avait englouti presque toutes ses richesses dans les deux films ratés, voyait maintenant le montant de sa fortune fondre à vue d'œil. Encore d'autres déboires de ce genre et il était acculé à la faillite.

De plus en plus angoissé, le célèbre producteur multipliait les coups de téléphone, les rendez-vous, les réunions, mais, contrairement à ce qui s'était produit dans le passé, plus rien ne fonctionnait. Personne ne lui faisait confiance. Personne ne voulait s'associer avec lui. Même les grands banquiers de New York lui raccrochaient au nez.

L'univers de Monsieur Goldmeller s'effondrait.

Les factures s'accumulaient sur le bureau de la secrétaire, qui se sentait de moins en moins efficace. Les créanciers l'appelaient à toute heure du jour. Monsieur le producteur tentait de créer des diversions en disant qu'il payerait plus tard, ou que le chèque venait juste de partir. Il tentait de bluffer en répétant qu'il avait eu une bonne idée pour relancer la carrière de Jeremy. Mais, de moins en moins convaincu, Monsieur Goldmeller mentait de moins en moins bien…

Chaque soir de la semaine, Elisabeth voyait son père rentrer à la maison, les épaules de plus en plus basses. Il mangeait sans appétit et il maigrissait à vue d'œil. Madame Goldmeller s'inquiétait pour son mari. Elisabeth s'inquiétait pour son père. La nouvelle bonne s'inquiétait pour son job. Et Jeremy ne s'inquiétait de rien. Il passait de longues heures devant la fenêtre du salon à regarder la ville disparaître puis réapparaître dans la brume… de longues heures devant le téléviseur à regarder des matchs de base-ball…

Et puis un jour, sans aucun avertissement, ce fut la catastrophe. Une catastrophe digne des grands films hollywoodiens. En plein après-midi, Monsieur Goldmeller calculait la somme astronomique qu'il devait à ses créanciers. Plus de quatre millions de dollars en dettes de toutes sortes. En fixant sa calculatrice, Monsieur le producteur ressentit une très forte douleur à la poitrine. Il enleva son nœud papillon, déboutonna le col de sa chemise, voulut se diriger vers la porte de son bureau, mais, victime d'un autre malaise, il s'effondra. La secrétaire terriblement efficace arriva en courant. Elle hurla de terreur en apercevant son patron immobile sur le plancher, puis, comprenant qu'il venait de faire une crise cardiaque, elle appela tout de suite les services d'urgence.

Une équipe d'ambulanciers arriva sur les lieux du drame, suivie elle-même par une équipe de journalistes, suivie elle-même par les caméras de télévision.

Les lumières des flashs crépitèrent comme des coups de mitraillette.

Le lendemain, tous les journaux d'Amérique annonçaient le drame en première page : « Célèbre producteur victime d'une attaque cardiaque »… « Le millionnaire touché au cœur »… « Goldmeller frôle la mort ».

Presque tous les journaux présentèrent des reportages photographiques en montrant des images-chocs : des ambulanciers tentaient de réanimer le célèbre producteur… Monsieur Goldmeller, le visage couvert d'un masque à oxygène… Monsieur Goldmeller sur la civière qui le transportait vers l'ambulance… Monsieur Goldmeller faisant son entrée à l'urgence… D'autres photographies montraient Elisabeth et sa mère qui sortaient d'un taxi… Elisabeth et sa mère qui couraient dans les couloirs de l'hôpital… Elisabeth et sa mère penchées sur Monsieur Goldmeller intubé.

Loin, très loin de là, le petit garçon qui changeait toujours de nom avait trouvé des copies de ces journaux. Il découpa les images en couleurs et les épingla sur le mur au-dessus de son lit. L'homme sur les photographies était celui qui était au volant de la longue voiture noire… L'homme sur les photographies était celui qui avait offert de l'argent pour acheter le jeune loup. Il n'y avait maintenant aucun doute possible. Pour revoir Jeremy, pour le sauver de la catastrophe, il fallait partir pour New York, immédiatement. Mais aucun passage secret ne permettait l'aller-retour entre ces deux univers.

Pris d'une rage subite, l'enfant se lança dehors. Il pleura. Il cria. Il hurla des bêtises aux étoiles et à tout ce qui tournait dans le ciel. Seul le vent lui répondit. Sa mère vint le chercher sous la lune. Elle ramena le *Petit Malheureux* à la maison, le blottit contre son sein et le berça jusqu'à ce qu'il s'endorme.

Des figurines de bois au chapitre vingt-six

Monsieur Goldmeller fut opéré par les meilleurs cardiologues de New York. Selon les journaux à potins, on lui fit un quadruple pontage et on lui ordonna le repos le plus complet pour les six prochains mois. Finies les longues réunions. Finis les conseils d'administration. Finis les tournages et les émissions de télévision. Maintenant, la secrétaire terriblement efficace s'occupait de tout. Elle demanda un délai à tous les créanciers et tous les créanciers acceptèrent… en rechignant.

De son côté, le petit garçon n'allait plus jouer dans les champs. Chaque jour, malgré l'interdiction de sa mère, il se rendait au village, fouillait dans les poubelles, trouvait des journaux, puis s'en retournait chez lui. Les murs de sa chambre furent tapissés d'articles et de photographies montrant la vie de Monsieur Goldmeller et de sa famille. On y voyait le célèbre producteur, sa femme, sa fille Elisabeth et on y voyait, bien sûr, Jeremy qui vaquait à ses occupations préférées : jouer, écouter la télévision, feuilleter un livre. Et puis, un peu plus tard, les journaux montrèrent d'autres photographies qui firent rêver les lecteurs du monde entier. Sur ces images, on voyait Monsieur Goldmeller en convalescence au bord de la mer. Plusieurs photographies montraient Jeremy, sous un parasol, qui léchait la joue du producteur pour lui souhaiter un prompt rétablissement.

D'un simple regard, le garçon pouvait commenter la vie de cette famille hors du commun. Ici, Elisabeth jouait avec Jeremy sur le bord de l'océan. Ici, les Goldmeller revenaient de vacances. Ici, le célèbre producteur souriait en apprenant qu'il pouvait reprendre, modérément, ses activités. Ici, on le voyait marcher dans Central Park. Ici…

Lorsqu'il ne resta plus le moindre espace libre dans sa chambre, le petit garçon décida de prendre les grands moyens pour revoir Jeremy. Au retour de l'école, il se faufila dans une station-service. Pendant que le pompiste s'affairait à l'extérieur, le jeune garçon vola une carte routière en la cachant sous sa chemise.

De retour à la maison, il s'enferma dans sa chambre, déplia la carte sur son lit et regarda la distance qui le séparait de la grande ville. Une distance vertigineuse qui lui donna des sueurs froides. Il souligna au crayon rouge le chemin qui lui paraissait le plus court, mais il y avait aux alentours de New York tellement d'autoroutes qu'elles ressemblaient à des ficelles jetées autour de la ville, des ficelles qui, par endroits, semblaient nouées les unes aux autres, tellement elles se croisaient et s'entrecroisaient. Pour le petit garçon qui ne connaissait qu'une seule route, droite jusqu'à l'infini, tout cela prenait l'allure d'un labyrinthe inextricable.

Il était impossible de se rendre à New York à pied ou en vélo. La mère ne possédait pas d'automobile. L'auto-stop était hors de question. Il ne restait qu'une solution : l'autobus. Pour prendre l'autobus, il fallait des sous et pour gagner des sous, il fallait faire comme tout le monde, il fallait travailler. Armé de son canif, le petit garçon commença, bien maladroitement, à sculpter des figurines de bois qui ressemblaient vaguement à des loups. Lorsqu'il en eut sculpté une douzaine, il se rendit au village et, les mains pleines d'échardes, il exposa ses œuvres sur le coin d'une rue.

Il réussit à vendre une toute petite sculpture, à moitié prix, puis il revint chez lui, complètement découragé. À ce rythme-là, il lui faudrait plus de dix ans pour amasser la somme nécessaire à son voyage. Il jeta ses figurines dans le poêle à bois, sortit de la cuisine, se retrouva sur le perron et se dirigea tout droit vers la lisière des grands arbres. Au bout du champ, il se laissa tomber sur le dos, tout près de l'ourson de laine. Les yeux grands ouverts, il fixa la lune. Il vit son père courir au loin derrière les étoiles. Ensuite, il lui sembla que toutes les constellations représentaient des loups : des loups qui sautillaient dans le ciel, des loups à demi cachés, des loups qui riaient, des loups qui pleuraient... Des loups comme des étoiles filantes.

Pendant ce temps, Elisabeth et Jeremy, derrière les fenêtres du *penthouse*, s'amusaient à regarder les faisceaux de lumière qui s'élançaient des gratte-ciel jusqu'à toucher la Voie lactée.

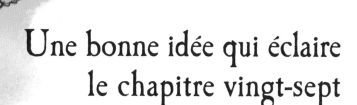

Une bonne idée qui éclaire
le chapitre vingt-sept

Bien soigné, bien entouré, Monsieur Goldmeller reprit peu à peu ses activités. Aidé par sa secrétaire terriblement efficace, il tentait de mettre un peu d'ordre dans ses états financiers.

Régulièrement, pour se changer les idées et pour ne pas se faire envahir par le stress, Monsieur Goldmeller quittait son bureau. Il se promenait sur les trottoirs de New York. En flânant, il épiait les passants, écoutait les conversations. Mine de rien, il cherchait la bonne idée qui relancerait la carrière de Jeremy et, par le fait même, sa propre carrière de producteur.

Un jour semblable aux autres jours, au hasard de ses promenades, Monsieur Goldmeller se regarda dans une vitrine. Il tourna la tête de tous les côtés et trouva ses cheveux beaucoup trop longs. Il marcha encore un peu, puis il pénétra dans la boutique d'un coiffeur. Et ce coiffeur, un certain Monsieur Marinoni, grand lecteur de journaux à potins, reconnut tout de suite le célèbre producteur. Il l'invita à s'asseoir sur la chaise pivotante puis, sans même qu'on le lui demande, il se prononça sur la carrière de Jeremy. En faisant un shampoing à son illustre client et en faisant cliqueter ses ciseaux, Monsieur Marinoni spécifia que Jeremy avait été fort mignon lors de la première série télévisée, mais il avait perdu cette aura de jeunesse qui le rendait si attachant, si sympathique. C'était un phénomène facile à comprendre, résuma le coiffeur :

— Un jeune loup tout duveteux provoque de la sympathie. Un loup adulte provoque de la crainte. Les spectateurs ressentent le besoin de s'identifier à un animal plus doux, plus rondouillet, plus attachant, comme un jeune lapin, un hamster, voire un cochon d'Inde !

En écoutant le coiffeur, Monsieur Goldmeller tenta de rester calme afin d'épargner son cœur fragile. Mais un doute, un grand doute venait d'envahir son cerveau. Monsieur Marinoni avait raison. Jeremy n'était plus cette jolie petite touffe de poils aux yeux bleus qui chavirait le cœur des spectateurs.

Il n'était plus l'animal de la situation. Maintenant, il inspirait la crainte. Jeremy ne représentait plus d'intérêt pour personne !

Voilà la vérité toute nue !

Ébranlé par cette découverte, Monsieur Goldmeller quitta le coiffeur en lui laissant un généreux pourboire. Il se dirigea vers l'animalerie la plus proche et y resta plus d'une heure, s'arrêtant devant les perruches, les perroquets, les chats, les souris blanches, les lapins angoras, les hamsters et les tourterelles tristes.

Le soir même, Monsieur Goldmeller emmena Elisabeth visiter l'animalerie. Du coin de l'œil, il épia les réactions de sa fille, qui, après avoir fait le tour des cages, s'émoustilla devant un lapin angora tout blanc et tout mignon. Voilà qui confirmait la thèse du coiffeur.

Mais Elisabeth, elle aussi, en épiant son père du coin de l'œil, crut deviner son stratagème. Elle lui dit cette phrase toute simple, sans en deviner les conséquences :

— Papa, impossible d'apporter ce lapin à la maison ! Jeremy va le dévorer !

En entendant le mot « dévorer », plusieurs idées s'entremêlèrent dans la tête du célèbre producteur. Il songea à la crainte que pouvait provoquer Jeremy qui montrait ses crocs.

Puis, il se souvint de tous les loups, dans toutes les histoires… les loups qui dévorent des petits cochons, des chèvres, des grands-mères…

Des grands-mères…

Des grands-mères…

Des grands-mères…

En répétant ces derniers mots, Monsieur Goldmeller eut ce qu'on pourrait appeler une révélation. Une idée géniale. En l'espace de quelques secondes, son cœur de père s'emplit de fierté. Son cœur de producteur s'emplit de projets. Son cœur de millionnaire s'emplit de dollars. Et malgré tout cela, il tenta de rester le plus calme possible afin de ménager son cœur fragile.

Tout heureux de la bonne idée qui venait de lui traverser l'esprit, Monsieur Goldmeller se pencha vers sa fille pour lui murmurer à l'oreille :

— Tu es ma princesse ! Je t'invite au restaurant de ton choix !

Elisabeth et son père mangèrent dans le palace le plus cher et le plus chic de New York. Monsieur Goldmeller régla l'addition en souriant. Puis, ensemble, le père et la fille revinrent à la maison. En cours de route, Monsieur Goldmeller demanda à sa fille de chanter… Heureuse, elle faussa de tout son cœur en empruntant l'ascenseur doré, en enfilant son pyjama, puis en se blottissant contre Jeremy, tout chaud.

De son côté, Monsieur Goldmeller se blottit contre sa femme qui avait les pieds glacés. Il s'endormit, le sourire aux lèvres, en écoutant la petite voix d'Elisabeth qui faussait de loin en loin.

Pendant ce temps, le petit garçon qui changeait toujours de nom fixait, un à un, les murs de sa chambre. Les images de Jeremy couvraient maintenant la seule photographie de son papa Tom. Jeremy… Jeremy… Jeremy semblait de plus en plus présent… et aussi, de plus en plus absent, comme l'ourson de laine abandonné dans la prairie.

Le grand succès arrive
au chapitre vingt-huit

Pour faire suite à la bonne idée qu'il avait eue à l'animale-rie, Monsieur Goldmeller engagea, encore une fois, une équipe de spécialistes pour s'occuper de Jeremy. Mais cette fois, ce n'était ni la télévision ni le cinéma qui l'attendait. C'était autre chose.

Quelques semaines plus tard, conduit par un chauffeur, accompagné par Monsieur Goldmeller et sa secrétaire terri-blement efficace, Jeremy fit un tour de Limousine dans les rues de New York. La voiture s'arrêta devant les portes d'un théâtre qui appartenait au célèbre producteur. Ils s'engagèrent tous les trois à l'intérieur de l'édifice. Ils traversèrent le parterre, puis ils se retrouvèrent debout sur l'immense scène vide. Des projecteurs jetèrent leurs lumières sur les planches. Les sièges disparurent dans le noir. Des étrangers arrivèrent des coulisses. Scénaristes, scénographes, éclairagistes, costumiers furent présentés à Jeremy qui ne comprenait pas encore ce qu'on attendait de lui.

Lorsqu'une belle jeune fille couverte d'une cape rouge apparut dans le cercle de lumière, Jeremy, qui connaissait par cœur l'histoire du *Petit Chaperon rouge*, comprit qu'il serait la vedette d'un spectacle sur Broadway. Et ce spectacle, Monsieur Goldmeller le voulait magnifique, somptueux, historique…

Rien ne fut laissé au hasard.

On engagea des danseurs, des danseuses, des musiciens, des chorégraphes… Six mois plus tard, après des centaines et des centaines d'heures de répétitions, le spectacle était rodé au quart de tour.

La figure de Jeremy apparut sur les panneaux lumineux qui longeaient les autoroutes, sur les immenses affiches de Time Square, et même dans le métro de New York.

Le soir de la première représentation, le public, composé de journalistes et de vedettes venues se pavaner devant les

caméras, fut estomaqué par la performance de Jeremy. Vêtu d'un habit de satin qui réfléchissait la lumière et coiffé d'un chapeau à larges bords, il dansait en participant aux chorégraphies. Il effrayait les spectateurs en s'approchant d'eux et en montrant ses crocs. Il les attendrissait en devenant doucereux auprès du Chaperon rouge, puis il réussissait à leur arracher des larmes lorsque le chasseur le visait avec son grand fusil d'argent. À la fin de cette première représentation, le public ébloui par ce spectacle prodigieux se leva d'un bond et applaudit à tout rompre pendant plus de cinq minutes.

Dans les coulisses, Monsieur Goldmeller, entouré de sa secrétaire, de sa femme et d'Elisabeth, comprit qu'il venait de renouer avec le succès. Il tenta de rester calme, mais il en eut beaucoup de difficulté. Son cœur tressaillait dans sa poitrine et il dut avaler deux comprimés pour faire ralentir son rythme cardiaque.

Le lendemain, les journalistes parlèrent d'un véritable triomphe, d'un coup de maître, d'un événement historique dans les annales de Broadway. On vantait la qualité de la musique, la finesse de la mise en scène, l'efficacité des chorégraphies, l'énergie phénoménale des danseurs, la performance éblouissante des acteurs, mais ce fut Jeremy qui reçut le plus d'éloges. On criait au génie. C'était la première fois dans le monde du spectacle qu'un loup, un véritable loup évoluait sur une scène, dansait, jouait la comédie, charmait le public…

Les semaines qui suivirent furent très éreintantes pour Jeremy, surnommé «La nouvelle vedette de Broadway». Il était invité à tous les *talk-shows*, soit en compagnie des autres comédiens, soit avec Monsieur Goldmeller ou Elisabeth. On parlait du spectacle avec tellement d'enthousiasme que les billets commencèrent à se vendre rapidement. Il fallait réserver plusieurs mois à l'avance pour assister à une représentation.

Monsieur Goldmeller était heureux. Elisabeth aussi. Jeremy aussi. Il était devenu la coqueluche des médias. Il fallut engager trois gardes du corps supplémentaires pour le protéger de tous les admirateurs qui voulaient le caresser, lui parler, lui donner des cadeaux.

Pendant ce temps, le petit garçon qui changeait toujours de nom avait vu les articles dans les journaux. Avec l'aide de son ami Max Levingston, il avait écrit une lettre à Jeremy et il l'avait envoyée au grand théâtre de New York.

Cette missive disait ceci :

Cher Tommy, qui s'appelle maintenant Jeremy ! Bonjour, c'est moi le petit garçon que je t'avais sauvé la vie. J'ai vu tous, tous, tous tes deux films. Je m'ennuie de toi comme tu peux pas l'imaginer. Je serai bientôt riche et j'irai te chercher à New York.

Bonjour, mon loup préféré.

Signé : Moi, que je t'aime vraiment.

X X X

En attendant une réponse qui ne vint jamais, le petit garçon ne courait plus dans les champs. Il passait de longues journées à errer au village, les yeux fixés par terre. Il trouvait de la monnaie sur le bord des trottoirs, à l'entrée des bars, dans les parcs… Il quêtait au coin des rues… Il ramassait des bouteilles vides et des canettes de toutes sortes et les revendait pour quelques sous… De retour à la maison, il cachait ses maigres revenus dans un seau sous son lit. Un jour, il aurait accumulé une petite fortune qui lui permettrait de s'habiller comme un prince, de prendre l'autobus pour New York, d'assister à une représentation du *Petit Chaperon rouge*, de rencontrer Jeremy, de le serrer dans ses bras, puis de revenir avec lui à la maison, soit en Mercedes, soit en Limousine, soit en hélicoptère… cela dépendait du rêve.

Habillé comme un prince,
au chapitre vingt-neuf

Les représentations du *Petit Chaperon rouge* s'enchaînè-rent dans une suite sans fin. On joua à guichet fermé pendant plus d'un an. Et, justement, à la fin de cette année, le petit garçon avait accumulé tellement de sous que son seau débordait. Il s'habilla du mieux qu'il put, c'est-à-dire en por-tant ses vêtements les moins froissés. En marchant à travers les champs afin de ne rencontrer personne, il traîna son seau plein de monnaie jusqu'au village. Heureux, mais les mains et les bras endoloris, il se rendit sur la rue Principale. Puis, sans aucune hésitation, il entra dans la première banque qui se trouva sur son chemin.

Il en ressortit quelques minutes plus tard, le seau battant au bout de son bras, mais avec en poche plus de trois cents dollars, ce qui était pour lui une véritable fortune. Le cœur joyeux comme un nouveau millionnaire, il abandonna le seau dans une ruelle, puis il marcha quelques minutes à la recherche d'un salon de coiffure. Il s'arrêta chez le premier barbier et en ressortit méconnaissable, coiffé à la dernière mode, les cheveux taillés, laqués et lissés derrière les oreilles.

Il continua sa promenade, trouva une mercerie de bon goût, y entra et en ressortit, une heure plus tard, habillé comme un prince. Bien coiffé, bien habillé, le petit garçon visita un magasin de chaussures. Il en ressortit avec des souliers vernis, semblables à ceux que l'on voit dans les annonces publicitaires.

Bien habillé, bien coiffé, bien chaussé, le petit garçon marchait, le torse bombé... Tenant dans un sac ses vieux vêtements et ses godasses, il se mirait dans les vitrines des grands magasins et ne se reconnaissait pas. Il ressemblait à un fils de millionnaire, un fils de banquier, un enfant de la haute finance. Mais sa démarche gauche le trahissait, ainsi que le teint de son visage buriné par le soleil.

Il se rendit au terminus d'autobus, immense gare qui empestait l'essence et l'humidité. Il se présenta au comptoir, montra les derniers billets qui lui restaient et demanda un ticket pour New York. Derrière le comptoir, la préposée se leva sur la pointe des pieds. Elle dévisagea le petit garçon :

— Impossible, jeune homme ! Je ne peux pas vendre de ticket à un mineur !

Surpris par cette réaction qui contrecarrait ses plans, il insista en répétant qu'il devait visiter sa grand-mère, malade, à New York...

— Impossible, jeune homme !

Que son père Tom s'impatienterait, là-bas, au terminus...

— Impossible, jeune homme !

Il éclata en sanglots en répétant que son loup l'attendait dans le grand théâtre de New York.

— Impossible, jeune homme !

Un agent de sécurité lui demanda ses papiers, qu'il n'avait pas ; lui demanda une lettre d'autorisation, qu'il n'avait pas ; lui demanda de déguerpir, ce qu'il fit en pleurant et en rageant.

Habillé comme une véritable carte de mode, l'*Humilié* revint chez lui en piquant à travers champs... Le cœur en lambeaux, il se réfugia dans sa chambre et s'aperçut avec horreur que ses beaux souliers étaient couverts d'herbe et de poussière. En pleurant, il les astiqua avec un vieux chiffon. Puis, désespéré, il revêtit ses vieux vêtements et cacha les habits neufs dans un sac, sous son lit.

Ensuite, les épaules basses et les cheveux en bataille, il s'approcha de la fenêtre de la chambre pour regarder dehors. Mais il ne vit rien. Son désespoir était plus grand que le ciel tout entier. Au bout du champ, l'ourson de laine, à demi déchiqueté par les intempéries, gisait, face contre terre.

Retrouver le bonheur au chapitre trente

Un an et demi après la première représentation du *Petit Chaperon rouge*, l'assistance commença à diminuer lentement, imperceptiblement. Tous les spectateurs potentiels de New York avaient vu la pièce, ce qui était tout à fait normal pour ce genre de production. Il n'y avait plus que les touristes qui affluaient encore dans le grand théâtre, mais leur nombre commençait à diminuer de plus en plus.

Monsieur Goldmeller avait tout prévu. Ses coffres étaient remplis à craquer. Il était temps de passer à la deuxième phase du spectacle : quitter le grand théâtre de Broadway pour amorcer une tournée mondiale, une tournée qui devait mener la troupe dans les grandes capitales du monde civilisé.

En apprenant la bonne nouvelle, Elisabeth s'écria :

— Youpi, nous allons faire le tour du monde dans des hôtels cinq étoiles !

— Oui, ma chérie, répondit papa Goldmeller en se frottant les mains.

La dernière représentation officielle du *Petit Chaperon rouge* fut ce qui est communément appelé dans le monde du spectacle un véritable triomphe, une consécration, une apothéose ! Les musiciens jouèrent comme ils n'avaient jamais joué. Les danseurs et danseuses dansèrent comme ils n'avaient jamais dansé. Les comédiens jouèrent la comédie comme ils n'avaient jamais joué. Et Jeremy, au sommet de son art, étonna les spectateurs, même les plus blasés.

Lorsque le petit garçon apprit par les journaux que les représentations du *Petit Chaperon rouge* s'arrêtaient au grand théâtre de Broadway, il en trembla de peine. Lorsqu'il apprit que Jeremy allait s'exiler dans les grandes capitales, il examina la carte du monde et comprit que Londres, Paris, Berlin, Tokyo représentaient des destinations inatteignables. Mais soudain, au dernier paragraphe d'un reportage, on parlait de «quelques représentations préparatoires à la tournée mondiale dans certains théâtres en périphérie de New York». Le cœur battant, le petit garçon consulta la liste des villes mentionnées. L'une d'elles, Peterboro, se situait, selon la carte, à une centaine de milles de chez lui.

Le monde au complet redevint ensoleillé.

L'enfant comprit que le destin s'appliquait enfin à lui faciliter la tâche. Fou de joie, le *Petit Excité* souligna en rouge la route qui menait à Peterboro. Puis, en trépignant, il attendit que sa mère quitte la maison. Après le dîner, elle enfila son châle pour bêcher dans le grand potager. Le garçon la regarda s'éloigner. Lorsqu'il fut certain qu'elle ne reviendrait pas de sitôt, il se précipita sur le téléphone et, emporté par l'enthousiasme qui lui enleva toute gêne, il fit le zéro pour s'entretenir avec la téléphoniste. Quelques secondes plus tard, il fut mis en contact, directement et promptement avec le guichet du Wonder Theater de Peterboro. La sonnerie ne résonna que deux fois. Lorsque la réceptionniste répondit, le petit garçon était tellement nerveux et abasourdi qu'il en tremblait de partout. En balbutiant, il réserva un billet… la meilleure place à l'avant… pour la seule représentation du *Petit Chaperon rouge*… le samedi soir… à vingt heures précises.

Il raccrocha…

À peine quelques secondes plus tard, la sonnerie du téléphone résonna dans la cuisine. La réceptionniste vérifiait si le numéro de téléphone était le bon. Tout était en règle. La dame dit sur un ton neutre, comme si elle récitait un texte répété mille fois :

— La réservation pour le siège A-22 est confirmée. Vous devez payer trois heures avant le début du spectacle, sinon nous revendrons le billet à la porte. Merci de votre attention. Nous vous souhaitons un bon spectacle !

Elle raccrocha.

Le petit garçon tint le récepteur sur son oreille pendant quelques secondes encore, puis il raccrocha lentement, comme s'il craignait que quelque chose se brise… Il allait revoir Jeremy dans deux mois… Son cœur devint semblable à un fleuve qui se gonflait dans sa poitrine… L'enfant devint tellement rempli de joie qu'il changea mille fois de noms, devenant tour à tour le *Joyeux*, l'*Heureux*, le *Réjoui*, l'*Enchanté*…

Le *Jovial* quitta la cuisine et se mit à courir dans les champs… Il allait revoir Jeremy dans deux mois, trois jours, quelques heures et quelques secondes…

Le *Bienheureux* revint à la maison. Encore tout essoufflé, il fixa sa mère droit dans les yeux, puis, en souriant, il s'avança pour se blottir contre son sein. Elle le serra dans ses bras. Ils restèrent ainsi, pendant quelques minutes, à profiter de ce moment de bonheur. Puis, sans dire un mot, ils se séparèrent. La mère ne posa pas de questions, trop heureuse de voir son garçon avec des étincelles dans les yeux. Elle s'approcha du poêle, fit chauffer du lait, y laissa fondre un morceau de chocolat, remua le tout et l'offrit à son fils. Ils s'installèrent tous les deux sur le balcon et regardèrent le soleil se coucher.

La mère songea pendant quelques instants à son mari disparu. Elle essuya une larme avec le bord de son tablier, puis elle murmura quelques mots concernant le chant des grillons, l'école, le bois à fendre… L'*Enchanté,* le *Ravi,* l'*Heureux* ne répondit rien. Il contemplait le soleil en train d'enflammer l'horizon et cela ressemblait à un théâtre, un grand théâtre rempli d'espoir, de loups et de petits garçons.

Pendant ce temps, Elisabeth jouait avec Jeremy. Ensemble, sur le toit du *penthouse*, ils comptaient les fenêtres des gratte-ciel qui illuminaient la nuit de New York. Et l'ourson de laine, aux trois quarts déchiqueté, ne ressemblait presque plus à un jouet.

Un chapitre trente et un,
pour régler quelques problèmes
de transport

Les jours passèrent un à un, au ralenti, comme si le temps faisait exprès pour prendre son temps. Quotidiennement, le petit garçon se rendait au village, fréquentait l'école et continuait à arpenter les rues à la recherche de quelque chose à échanger contre un peu d'argent, qu'il cachait maintenant dans un sac de papier derrière une commode. Au fil des jours, au fil des nuits, il n'avait qu'une seule question en tête : comment se rendre à Peterboro ? Plusieurs choix s'offraient à lui. En courant, il pourrait franchir cent milles en

171

dix heures. Cette solution était à la limite du possible, mais il fallait aussi revenir… Le petit garçon pouvait aussi se rendre au théâtre en vélo. Mais point de vélo dans les environs. Il aurait fallu en emprunter un et s'entraîner, s'entraîner, s'entraîner. Et s'il pleuvait cette journée-là ? Que faire ?… Autre possibilité : le taxi. Il se renseigna au seul stand du village. L'aller-retour à Peterboro coûterait plus de cent quatre-vingts dollars, pourboire compris… Ce qui était trop cher… La meilleure façon de se rendre au théâtre était de trouver quelqu'un de fiable qui accepterait de le reconduire là-bas, moyennant rétribution…

Au fil des semaines, le petit garçon se renseigna à la station-service, à l'épicerie, auprès des différents professeurs. Finalement, ce fut le concierge de l'école, Monsieur McNeil, qui accepta l'offre. Pour cinquante dollars, il acceptait de conduire le petit garçon à Peterboro et de le ramener à la fin de la représentation. L'entente fut conclue dans le débarras rempli de seaux et de vadrouilles. Sur un immense calendrier accroché au mur, Monsieur McNeil encercla la date où il devait mener le petit garçon au Wonder Theater de Peterboro.

Il ne restait plus qu'à compter les semaines, les jours, les heures, les minutes et les secondes…

Pendant ce temps, toute la troupe du *Petit Chaperon rouge* avait commencé sa tournée préparatoire autour de New York.

À chaque nouvelle ville, à chaque nouveau théâtre, il fallait ajuster le spectacle, modifier le décor, peaufiner les éclairages, adapter les chorégraphies, tout cela sous la supervision de la secrétaire extrêmement efficace et sous l'œil attentif d'Elisabeth, qui venait de temps à autre faire son tour et qui ne se gênait pas pour distribuer conseils et suggestions.

Chapitre trente-deux,
horreur sur le chemin du retour

Un soir, le petit garçon revint du village en faisant tinter les quelques sous qui traînaient dans le fond de ses poches. Mais soudain, il cessa de marcher. Au loin, il aperçut la camionnette du concierge stationnée devant la maison. À l'intérieur, Monsieur McNeil s'entretenait avec la mère.

Le souffle coupé par cette apparition soudaine, le petit garçon resta figé au milieu du chemin. Il rageait en constatant la trahison de Monsieur McNeil, puis il se mit à trembler en imaginant les reproches de sa mère, et toutes les punitions qu'il allait subir.

Il resta là, debout, à ne plus savoir où aller. Retourner au village. Coucher dans une ruelle. Sous un balcon. Derrière un restaurant. Sous le pont qui enjambait la rivière. Ou bien mourir tout de suite. Monter jusqu'aux étoiles pour rejoindre son papa Tom et ne jamais redescendre…

Au bout d'un moment, Monsieur McNeil sortit de la maison, embrassa la mère en la prenant par la taille, descendit les vieilles marches de bois et s'engouffra dans sa camionnette. Le véhicule tourna en reculant, freina, s'avança lentement sur le chemin de terre et ralentit à la hauteur du petit garçon, figé comme une statue de plâtre. Monsieur McNeil abaissa la vitre, sortit la tête et lui dit d'un air complice :

— Ne t'en fais pas, mon gars ! Tout est O.K. avec ta mère !

Monsieur McNeil sourit, fit un clin d'œil au garçon, remonta la vitre et continua son chemin jusqu'à la grande route, laissant derrière lui une longue traînée de poussière.

Le *Petit Éberlué* marcha lentement jusque chez lui en imaginant toutes sortes de choses… Il observa le sable devant la maison et il se rendit compte, pour la première fois, que d'innombrables empreintes de pneus, toutes pareilles, marquaient le sol. Monsieur McNeil et sa mère se rencontraient souvent. Très souvent. Monsieur McNeil et sa mère étaient amoureux l'un de l'autre.

Le *Petit Stupéfait* entra chez lui. Sa mère, debout devant la glace de la salle de bain, remontait ses cheveux en chignon. Elle se retourna et, en rougissant, elle regarda son fils… Elle lui offrit du lait au chocolat. Mais, inquiété par ce qu'il venait de découvrir, l'enfant se sauva dans sa chambre. Pendant des heures et des heures, il s'appliqua à ne pas imaginer Monsieur McNeil et sa mère dans les bras l'un de l'autre. Pour ne plus y penser, il frotta ses chaussures neuves jusqu'à ce qu'elles deviennent aussi brillantes que de l'or.

Pendant ce temps, la petite Elisabeth étudiait, chaque jour, dans son collège privé. Presque tous les soirs, juste avant la représentation du *Petit Chaperon rouge*, elle téléphonait à Jeremy pour lui raconter sa journée. Il lui répondait en glapissant, puis il se lançait sur la scène pour y vivre un autre moment de grâce, contrairement à l'ourson de laine qui, délavé par les pluies, ne ressemblait presque plus à un ourson de laine.

Chapitre trente-trois pour résumer les derniers jours d'attente

Quelquefois, après l'école, Monsieur McNeil ramenait le petit garçon à la maison. Le bonhomme faisait un brin de jasette avec la mère, qui souriait de plus en plus souvent.

De temps à autre, Monsieur McNeil restait pour le souper, lavait la vaisselle et racontait des anecdotes comiques qui faisaient rire la maisonnée. Puis, en bon concierge, il s'appliquait à passer le balai sous la table et dans tous les recoins de la cuisine. Ensuite la mère allait reconduire le visiteur jusqu'à sa camionnette. Chaque fois, intimidé mais heureux de la tournure des événements, l'enfant baissait les yeux pour ne pas assister à ce baiser d'au revoir.

Au fil des jours, à l'école, Monsieur McNeil murmurait au petit garçon :

— Il ne reste que deux semaines, mon gars…

— Il ne reste qu'une semaine…

— Il ne reste que cinq jours…

— Il ne reste que quatre jours…

Trois jours avant la représentation tant attendue du *Petit Chaperon rouge*, c'est-à-dire le mercredi, le petit garçon devint si fébrile qu'il n'arrivait plus à se concentrer. Son cœur s'emballait. Il ne pensait qu'à Tommy, à Jeremy. Il le voyait dans les nuages, dans la rivière, dans son livre de mathématiques. Mille questions fusaient dans sa tête : et si Tommy ne le reconnaissait pas ? Et si Tommy ne l'aimait plus ?

Deux jours avant la représentation, c'est-à-dire le jeudi, le *Petit Tourmenté* quitta les bancs de l'école plus rapidement que ses camarades de classe. Il se rendit chez le barbier pour se faire coiffer de nouveau. Mais il était tellement fébrile que le coiffeur décida de ne pas lui tailler les cheveux autour des oreilles. Il avait trop peur de blesser son jeune client, victime de nombreux spasmes. Et si son loup ne voulait pas le suivre ? Et si le loup disparaissait encore dans un autre monde ?

La veille de la représentation, c'est-à-dire le vendredi matin, le petit garçon et le concierge s'enfermèrent dans le local rempli de seaux et de vadrouilles. Ensemble, ils réglèrent les derniers détails du voyage vers Peterboro. Ils calculèrent le temps nécessaire pour s'y rendre et y ajoutèrent une heure supplémentaire pour pallier d'éventuels imprévus. Et si la camionnette avait un problème mécanique? Une crevaison? Un accident? Une panne d'essence?

Une fois les derniers détails réglés, le petit garçon offrit les cinquante dollars à Monsieur McNeil, qui commença par les refuser :

— Non! Non! Non! Ce n'est pas nécessaire, mon gars… C'est un plaisir!

Mais, devant l'insistance du petit garçon qui se faisait une fierté de payer son voyage, le concierge finit par accepter les billets tendus en disant :

— D'accord… Avec cet argent, j'achèterai des fleurs, du parfum et des chocolats pour ta mère…

En entendant ces mots, le petit garçon rougit. En proie à une pulsion incontrôlable, il embrassa le concierge sur les joues. Puis, sans même se préoccuper des conséquences, il quitta l'école en plein milieu de l'avant-midi. Il se rendit à la lisière du grand boisé, là où il avait abandonné son loupion.

Il fixa la cime des arbres et sur chacune, il crut voir un épervier qui attendait sa proie. Il regarda par terre et s'arrêta devant l'ourson de laine. Cet ourson qui avait reçu des coups de pied rageurs. Cet ourson délavé par l'alternance des pluies et des soleils. Cet ourson éventré, aux jambes et aux bras déchiquetés, dont les yeux en boutons pendaient au bout de leurs ficelles.

Le petit garçon ramassa l'ourson et l'emporta à la maison. La mère, toute pomponnée, toute maquillée, toute parfumée, commença par féliciter son fils pour sa nouvelle coupe de cheveux. En souriant, elle lui répéta qu'elle le trouvait beau… très beau… Elle lava l'ourson dans une eau savonneuse, sortit du fil et une aiguille, replaça les yeux aux bons endroits, puis elle lui bourra le tronc, les bras et les jambes avec du chiffon jusqu'à ce qu'il retrouve un semblant de sourire. Lorsque cela fut fait, elle se rendit près du hangar pour redonner le jouet à son fils. À grands coups de hache, il fendait du bois afin d'expulser toute la tension qui habitait son cœur. Il prit l'ourson, l'installa sur une bûche à l'écart, puis devant ce spectateur immobile, il continua à bûcher et à bûcher jusqu'à tomber d'épuisement.

Malgré la fatigue, malgré le fait qu'il se blottît contre l'ourson de laine, le *Petit Fébrile,* le *Petit Inquiet,* le *Petit Tourmenté* eut bien du mal à s'endormir ce soir-là. Il imaginait que la camionnette de Monsieur McNeil tombait en panne.

Il pensait à des arbres effondrés qui pourraient bloquer la route. Il songeait à un accident, toujours possible, à n'importe quelle intersection, à n'importe quel coin de rue… Ensuite, il anticipa la rencontre avec son Tommy devenu Jeremy. Il lui parlait. Il le serrait dans ses bras. Il l'embrassait jusqu'à l'infini.

Pendant ce temps, une partie de la troupe du *Petit Chaperon rouge* dormait au chic Central Hotel de Peterboro. Le reste de l'équipe, soit les décorateurs, les électriciens, les éclairagistes s'affairaient à monter les décors et à mettre au point les éclairages. Jeremy, étendu sur une pile d'oreillers, dans la plus grande suite de l'hôtel, regardait un match de base-ball à la télévision en écoutant Elisabeth qui lui parlait au téléphone.

Chapitre trente-quatre, pour un départ annoncé

Le matin même de la représentation, le petit garçon se leva en même temps que le soleil. Il se débarrassa de son vieux pyjama. Nu comme un ver, il sortit un grand sac de sous le lit, l'ouvrit avec beaucoup de délicatesse et déplia les habits neufs qu'il avait achetés à la mercerie… Après avoir enfilé une chemise d'un blanc immaculé, et fait glisser une cravate sous le col de la chemise, il essaya de refaire ce foutu nœud que le vendeur lui avait montré, mais il n'y réussit qu'à moitié… Ensuite, il mit le pantalon, boucla une ceinture de cuir noir et enfila le veston. Ses pieds glissèrent dans les souliers vernis. Il les laça, les fit briller avec un chiffon. Puis il se releva et, du bout des doigts, il se coiffa du mieux qu'il put.

Le *Prince*, le *Nanti*, le *Millionnaire* descendit à l'étage et se regarda dans la glace du salon. Il n'en croyait pas ses yeux. Sa mère, en robe de nuit, descendit l'escalier. En apercevant son fils ainsi peigné, brossé, tiré à quatre épingles, elle ne le reconnut pas tout de suite, puis, dans son cœur de mère, elle le trouva beau… très beau… Elle lui tendit un tablier pour ne pas qu'il se salisse, puis elle s'affaira à lui préparer un petit déjeuner. Mais le garçon était trop tendu pour manger quoi que ce soit. Debout, immobile pour ne pas froisser son bel habit, il ne pensait qu'à une chose. Ce soir, à vingt heures précises, dans le grand Wonder Theater de Peterboro, il reverrait son loup, qu'il n'avait pas caressé depuis longtemps, depuis trop longtemps.

À quatorze heures précises, la camionnette de Monsieur McNeil apparut au loin. Elle s'arrêta devant la maison, poursuivie par un nuage de poussière qui continua son chemin jusqu'à s'évaporer dans la plaine.

Le concierge, endimanché lui aussi, n'eut même pas le temps de sortir de son véhicule. Le petit garçon, accompagné de son ourson de laine, ouvrit la portière du passager et se précipita sur la banquette avant. La mère, qui avait revêtu la plus belle de ses robes, s'approcha pour embrasser Monsieur McNeil d'un long baiser d'amoureux... Le sourire aux lèvres, elle contourna le véhicule pour dire au revoir à son fils. Assis bien droit pour ne pas froisser son bel habit, il pencha la tête sur le côté et se laissa caresser les cheveux.

En silence, Monsieur McNeil et la mère se regardèrent d'un œil complice. Le véhicule recula en tournant, puis il s'avança lentement sur le petit chemin de terre. Comme dans les films, la mère salua les deux passagers qui ne se retournèrent pas. Rendu à la grande route, Monsieur McNeil consulta sa montre :

— Ne t'inquiète pas, mon jeune, nous avons tout notre temps...

Le petit garçon serra les mâchoires. Monsieur McNeil appuya sur le bouton de la radio. Une musique country, pleine de guitares, envahit l'habitacle. La camionnette tourna à droite sur la grande route, accéléra et prit le chemin de Peterboro. Les chansons, entrecoupées de réclames publicitaires, défilèrent les unes derrière les autres. Les villages aussi. Monsieur McNeil, tout sourire, tenta quelques échanges avec le petit garçon, mais le *Silencieux* n'ouvrit pas la bouche. Il répondait aux questions par un signe de tête. En serrant l'ourson de laine contre son ventre, il fixait la route, guettait les intersections, surveillait les ponceaux, les passages à niveau…

Au fil des contorsions de la route, des panneaux annonçaient: Peterboro 80 milles, 60 milles… 40 milles… 20 milles… 10 milles…

La camionnette traversa un pont. De l'autre côté s'étendait la ville de Peterboro écrasée par de grandes cheminées. Monsieur McNeil se dirigea vers l'artère principale et tout à coup, au loin, apparut la forme très particulière du Wonder Theater, édifice haut et trapu, semblable à une église sans clocher. La camionnette s'approcha du bâtiment. Le cœur du petit garçon cessa de battre pour quelques instants. Un immense panneau montrait Jeremy, coiffé de son grand chapeau. Sous l'image, des lettres gigantesques annonçaient *Le Petit Chaperon rouge.*

La camionnette s'arrêta sous l'enseigne lumineuse. Monsieur McNeil coupa le moteur et dit :

— À toi de jouer, mon gars !

Le petit garçon avala un peu de salive. Le cœur battant, il plaça l'ourson de laine sur la banquette, ouvrit la portière, la referma délicatement et se dirigea vers le guichet qui donnait directement sur le trottoir. Il sortit une liasse de billets de la poche de son pantalon, donna le numéro de confirmation, paya et revint quelques instants plus tard avec son billet à la main.

Complètement hypnotisé par ce petit bout de papier qui lui donnait un accès direct au ciel, le *Petit Émerveillé* se rassit sur la banquette et resta là, immobile, la tête relevée, les yeux fixés sur l'enseigne.

Monsieur McNeil lui demanda s'il avait faim, s'il avait soif, s'il avait envie de quelque chose. Mais le *Petit Hypnotisé* ne répondit rien. Il plia le billet en deux et le glissa dans la poche-révolver de son veston. La camionnette fit demi-tour et alla se garer un peu plus loin devant un restaurant qui annonçait les meilleures frites du monde.

Il restait quatre heures à tuer avant la représentation.

Monsieur McNeil, endimanché, accompagné par le petit garçon habillé comme un prince, se promenèrent sur la rue Principale… Les mains dans les poches, ils visitèrent une quincaillerie, une ferblanterie, une pharmacie. Puis, ils rebroussèrent chemin et revinrent au restaurant qui annonçait les meilleures frites du monde. Ils choisirent une table qui donnait sur le trottoir, commandèrent des frites, ainsi que des hot-dogs et des boissons gazeuses. Le concierge avala le contenu de son assiette et mangea, en plus, la moitié de celle du petit garçon. Les yeux fixes, ce dernier regardait, au loin, les murs du grand théâtre. Jeremy était sûrement à l'intérieur du grand édifice. Jeremy l'attendait. Jeremy l'espérait…

Jeremy… Jeremy… Jeremy…

Un événement attendu et inattendu au chapitre trente-cinq

À dix-neuf heures pile, soit une heure avant la représentation, Monsieur McNeil stationna la camionnette de l'autre côté de la rue, juste en face du grand théâtre. Les deux voyageurs se répétèrent les consignes pour la soirée. Pendant la représentation, le concierge attendrait le petit garçon au restaurant en lisant le journal. À la fin de la représentation, le concierge attendrait le petit garçon sur le trottoir en face des grandes portes. À la fin de la représentation, le concierge ramènerait le petit garçon à la maison.

Le jeune spectateur quitta la camionnette et resta figé sur le trottoir avec son ourson dans les bras. Monsieur McNeil descendit à son tour et s'approcha. Il prit la main du jeune spectateur et le laissa devant les portes vitrées.

Le *Petit Fébrile* ne bougeait plus. Monsieur McNeil passa ses doigts dans les cheveux du garçon en disant :

— Bon spectacle ! Amuse-toi bien…

Puis, il rajusta la cravate du jeune spectateur. Il tira sur un côté, puis il refit le nœud pour qu'il ne soit ni trop serré, ni trop lâche.

— Tu es beau comme un cœur, ajouta le concierge en se relevant.

Lentement, très lentement, le *Petit Spectateur* s'approcha des grandes portes. À petits pas, il pénétra dans le hall immense du théâtre. Il s'avança sur un tapis rouge, puis un ouvreur lui demanda :

— Puis-je voir le billet de Monsieur ?

Le *Figé*, le *Pétrifié*, l'*Intimidé* fouilla dans la poche-révolver de son veston. Il en sortit le billet, le déplia soigneusement et le tendit au préposé. Ce dernier regarda le ticket et dit en ouvrant une gigantesque porte capitonnée :

— Première rangée, au centre !

Le petit garçon s'avança de quelques pas en tenant l'ourson de laine contre son ventre. Il pénétra dans un espace immense, un espace aussi haut que le ciel, avec des nuages peints, avec des balcons accrochés aux murs latéraux, avec des centaines de fauteuils vacants tournés vers la scène à demi éclairée, sur laquelle s'élevait une forêt profonde, une forêt fabriquée avec des arbres de carton, dans lesquels étaient perchés des oiseaux de papier.

Le garçon descendit l'allée centrale et alla s'asseoir sur le siège A–22. Il resta là, minuscule, dans ce lieu sacré, à contempler la forêt silencieuse, les oiseaux immobilisés en plein vol et les écureuils figés.

Quelques bruits parvinrent des coulisses. Des musiciens, munis d'instruments, s'approchèrent et prirent place dans la fosse devant la scène. Chacun s'évertua à réchauffer son instrument. Puis, sous la direction du maestro, ils attaquèrent ensemble une trépidante musique. Ils en jouèrent seize mesures puis ils s'arrêtèrent d'un coup sec. Le chef dit :

— Parfait, les gars! Mais attention à ne pas commencer trop rapidement!

L'orchestre joua le début de quelques autres compositions, puis il se tut. Des spectateurs de plus en plus nombreux prirent place dans la grande salle. Le petit garçon, les yeux toujours fixés sur le décor, attendait fébrilement l'apparition de Jeremy.

Lorsque la salle fut remplie à pleine capacité, les lumières se tamisèrent au fur et à mesure que la scène s'éclairait. Trois coups résonnèrent. Les spectateurs cessèrent de bavarder et de gesticuler. Un grand silence plana dans la salle… Au loin, comme en écho, on entendit des sifflements d'oiseaux. L'orchestre commença à jouer une pièce très lente et très émouvante. Le *Petit Spectateur*, le *Petit Médusé*, le *Petit Ravi* tenait son ourson de laine vers la scène pour qu'il puisse, lui aussi, assister à ce merveilleux spectacle. Des danseurs et des danseuses apparurent sous la voûte des arbres, suivis par une salve d'applaudissements. Le Petit Chaperon rouge fit son entrée sur scène en gambadant, en chantant et puis, tout à coup, le cœur du jeune garçon se serra dans sa poitrine. Ses paupières s'emplirent d'eau. Tous les spectateurs frémirent en apercevant Jeremy, déguisé en méchant loup, qui faisait mine de se cacher derrière un arbre, tout au fond de la scène.

Le garçon, assis sur le bout de son siège, ne comprit plus rien à l'histoire racontée. Il fixait Jeremy avec tellement d'intensité que le reste du spectacle fut relégué au second plan. La musique n'avait plus d'importance. Ni les éclairages. Ni les décors somptueux. Ni les autres acteurs… Les yeux du *Jeune Fasciné* fixaient le loup dans ses moindres déplacements, dans ses moindres mouvements, dans ses moindres tressaillements. Le cœur du *Jeune Ravi* battait au même rythme que celui de Jeremy. Il accélérait lorsque le loup dansait. Il ralentissait lorsque le loup se cachait. Il bondissait lorsque le loup se sauvait. Et il cessa de battre lorsque les lumières de la salle se rallumèrent pour annoncer l'entracte.

Presque tous les spectateurs quittèrent leur fauteuil pour se dégourdir les jambes ou boire quelque chose. Mais le petit garçon resta à sa place, immobile, comme s'il craignait que la pièce s'arrête pour de bon, comme s'il craignait de ne plus revoir Jeremy s'il quittait la salle.

Il lui sembla que la pause ne finirait jamais.

Après l'entracte, les spectateurs revinrent chacun à leur place. Les lumières se tamisèrent de nouveau. L'orchestre s'empara du silence pour le remplir d'une musique dramatique qui donna des frissons à l'auditoire. Jeremy réapparut. Il se faufilait entre les arbres. Il se pourléchait les babines en montrant ses crocs. Les spectateurs l'invectivaient chaque fois qu'il s'approchait du Petit Chaperon rouge. Ils le huèrent lorsqu'il se rendit chez la grand-mère, puis ils applaudirent à tout rompre lorsque le chasseur épaula son grand fusil d'argent pour se débarrasser du méchant loup.

POW! Un premier coup de feu, semblable à une explosion, retentit jusqu'au fond du théâtre. Jeremy, dans une mise en scène très bien orchestrée, feignit d'avoir été blessé. Il titubait d'arbre en arbre. Puis, afin d'échapper aux tirs du chasseur, il descendit de scène et commença à se faufiler entre les spectateurs effrayés, qui criaient des OH! et des AH! d'horreur en le voyant surgir.

Jeremy passa plusieurs fois devant le petit garçon, si impressionné qu'il fut incapable de bouger, incapable de prononcer un mot, incapable d'attirer l'attention de son loup.

Jeremy, chancelant, finit par remonter sur la scène. Le chasseur épaula son grand fusil d'argent. POW! Le second coup de feu retentit, encore une fois, jusqu'au fond de la salle… Jeremy, atteint au cœur, hurla de douleur en se laissant tomber sur le lit de la grand-mère.

Le *Petit Horrifié* cria « NON! ». Il se leva d'un coup sec et, devant les yeux médusés des spectateurs, des acteurs et des musiciens, il se précipita sur la scène pour secourir son loup.

C'est à ce moment-là que le spectacle chavira.

En voyant ce petit garçon, habillé comme un prince, sauter sur le lit et prendre Jeremy dans ses bras, le chasseur se figea sur place. Les danseurs et danseuses s'arrêtèrent de danser. Les musiciens cessèrent de jouer. Il y eut un long frémissement

de la salle, suivi par un long silence. Les larmes aux yeux, le petit garçon caressa la tête de Jeremy avec beaucoup de tendresse. Il lui murmura :

— Ne meurs pas Jeremy, que je t'aime !

Il répéta cette phrase trois fois de suite avec de plus en plus d'émotion dans la voix.

— Ne meurs pas Jeremy, que je t'aime !

— Ne meurs pas Jeremy, que je t'aime !

— Ne meurs pas Jeremy, que je t'aime…

Les spectateurs, croyant assister à une savante mise en scène, commencèrent à verser des larmes. Jeremy, surpris, les yeux fermés, feignant l'agonie, écoutait la voix plaintive du petit garçon. Et soudainement, de lointains souvenirs commencèrent à émerger. Oui, oui, oui, il se souvenait de cette voix, de cette odeur, de ce petit garçon avec qui il avait couru dans les champs, avec qui il s'était amusé dans une cabane de bois, avec qui il avait joué près d'un ruisseau.

En se remémorant ces quelques souvenirs, le cœur de Jeremy se gonfla de bonheur. Il ouvrit lentement les yeux et fit un clin d'œil au petit garçon penché sur lui. Puis, en signe de reconnaissance, il lui lécha la joue.

Le public, attendri, soupira d'émotion.

Et puis, ce fut l'étreinte entre le petit garçon qui changeait toujours de nom et son loup qui avait changé deux fois de nom. L'*Heureux*, l'*Enchanté*, l'*Ému* se blottit contre Tommy, Jeremy… La secrétaire terriblement efficace fit de grands signes au metteur en scène, en coulisse, qui lui aussi fit de grands signes à l'éclairagiste. Les lumières de la scène se tamisèrent et les deux amis, sur le lit de la grand-mère, furent éclairés par un cercle de lumière. Ils oublièrent les décors, les spectateurs, et dans le silence le plus complet, ils se firent une étreinte remplie de frissons, de larmes, de souvenirs, de promesses : une étreinte digne des grandes productions de Broadway…

Le metteur en scène comprit que le spectacle, pour être crédible, devait se terminer à cet instant précis. Les éclairages se tamisèrent encore. La forêt tout entière disparut dans la pénombre. Puis le cercle de lumière se referma lentement sur Jeremy blotti dans les bras du garçon. Les rideaux se fermèrent, et le public, ému, se leva d'un bond pour applaudir à tout rompre.

Suspense au chapitre trente-six

Dix minutes avant l'heure convenue, Monsieur McNeil avala lentement une dernière gorgée de café. Il referma le journal, régla l'addition, sortit du restaurant et se dirigea vers le lieu du rendez-vous pour y attendre le jeune garçon. Mais à peine sorti du restaurant, le concierge écarquilla les yeux. Son cœur se pinça dans sa poitrine. Déjà, au loin, la foule des spectateurs s'égrenait sur le trottoir en face du théâtre.

Monsieur McNeil vérifia sa montre. Elle fonctionnait toujours. Ne comprenant rien, il se mit à courir vers le théâtre. En se faufilant parmi les spectateurs, il entendit quelques bribes de conversations.

— Ce spectacle était vraiment magique, s'exclama un homme.

— J'ai pleuré trois fois… soupira une dame.

— Et le petit garçon, à la fin, il était tellement émouvant! lança une autre spectatrice, ravie!

Le concierge regarda sa montre une deuxième fois et comprit que, pour une raison quelconque, le spectacle avait été écourté. Il se plaça bien en vue devant les grandes portes, puis, encore essoufflé par sa course, il se leva régulièrement sur la pointe des pieds pour chercher la silhouette du jeune garçon.

Toutes les formes humaines, du petit bedonnant au grand maigre, en passant par la mégère efflanquée et la dame obèse, passèrent devant le concierge.

Mais de petit garçon, point.

Lorsque le hall eut régurgité les derniers spectateurs, Monsieur McNeil se retrouva seul sur le trottoir, seul sous la grande enseigne, seul devant les portes vitrées.

Les néons de l'affiche s'éteignirent en grésillant. Les lumières à l'intérieur du hall se tamisèrent et, pendant quelques secondes, le cœur du concierge accéléra pendant que son cerveau, agité, imaginait le pire : l'enfant avait été dévoré par le loup… L'enfant s'était sauvé avec son loup en empruntant la porte arrière du théâtre… L'enfant avait tué le loup avec son canif… L'enfant, agrippé à son loup, ne voulait plus le quitter… L'enfant avait été piétiné par les spectateurs qui s'étaient rués vers la sortie pour une raison inconnue…

Une seule chose était certaine. Le petit garçon n'était pas au rendez-vous.

Le grand hall était désert.

Le trottoir était désert.

Un effroyable vide, une épouvantable absence imprégnait l'atmosphère de la nuit.

Monsieur McNeil, en proie à une terrible angoisse, voulut se lancer à l'intérieur du théâtre, mais il s'arrêta net. Accompagné par la secrétaire terriblement efficace, le petit garçon s'avançait sur le tapis rouge. Les cheveux décoiffés, les vêtements froissés, les yeux rougis, il s'approchait lentement, solennellement, les poings rentrés dans les poches de son pantalon. Le regard fixe, il s'arrêta devant les grandes portes. La secrétaire se pencha, lui murmura quelques mots à l'oreille, l'embrassa sur le front et lui caressa les cheveux. Ensuite, en lui disant au revoir, elle appuya sur la grosse poignée dorée. La porte s'ouvrit. En silence, le jeune spectateur passa devant Monsieur McNeil, traversa la rue sans même regarder ni à gauche ni à droite, marcha sur le trottoir et s'arrêta devant la camionnette.

Le concierge, surpris, mais heureux de revoir le garçon sain et sauf, ouvrit la portière du passager. Sans dire un mot, sans même retirer les mains de ses poches, le *Jeune Spectateur* s'installa sur le siège.

Le regard fixe, il ne dit rien lorsque le concierge s'installa au volant. Il ne dit rien lorsque la camionnette accéléra, et il ne dit rien, non plus, lorsqu'ils s'engagèrent sur le pont et que les lumières de Peterboro s'éloignèrent pour disparaître, une à une, dans le rétroviseur.

Un dernier chapitre en forme de constellations

De temps à autre, les phares de la camionnette illuminaient le creux des vallons, ou se perdaient dans l'immensité du ciel. Monsieur McNeil, fatigué, intrigué, conduisait prudemment. À ses côtés, le *Petit Silencieux*, tout endimanché, fixait les étoiles.

Le concierge demanda plus de dix fois :

— Et puis, le spectacle ?

Rien, le petit garçon ne répondait rien. Au détour d'un marais, un papillon de nuit frappa le pare-brise. L'enfant sursauta, cligna des yeux et répondit enfin :

— C'était merveilleux... Merveilleux... Merveilleux...

Un peu plus loin, sur le dessus d'une colline :

— As-tu parlé à ton loup ?

— Oui... je lui ai dit que je l'aimais... et je lui ai laissé l'ourson de laine...

Un peu plus loin, au creux d'un vallon :

— Et lui, il m'a donné ce foulard...

De la main droite, le petit garçon sortit de la poche de son pantalon un foulard de soie rouge. Il l'approcha des lumières du tableau de bord pour le contempler. Puis, il sortit de sa poche gauche une feuille, pliée en quatre, sur laquelle on avait écrit finement, à l'encre bleue, un numéro de téléphone :

— C'est le numéro personnel de Jeremy à New York ! Je pourrai lui parler tous les jours si je le veux... Et puis, je pourrai même le visiter chez lui... rencontrer Elisabeth... et toute sa famille... toute sa famille... sa famille...

Après quelques minutes de silence, le *Petit Rêveur* se blottit contre le conducteur et demanda :

— Monsieur McNeil, voulez-vous devenir mon papa ?

Monsieur McNeil répondit en serrant le petit garçon tout contre lui :

— Ce serait facile… Nous avons les yeux de la même couleur…

— Ce serait facile… Vous aimez ma maman… Et moi aussi, je vous aime beaucoup !

Monsieur McNeil releva le pied. La camionnette ralentit sa course. Dans le ciel, il y eut de longs glissements. Un nuage passa devant la Constellation du Loup pour la cacher partiellement. Plus loin, il s'en formait une nouvelle.

Des jours heureux s'annonçaient de l'autre côté de la nuit…

Visitez le site de
Québec Amérique jeunesse
et obtenez gratuitement
des fonds d'écran de
vos livres préférés !

www.quebec-amerique.com/index-jeunesse.php